続 四季の一茶

矢羽勝幸・著
庄村友里・絵

信濃毎日新聞社

続 四季の一茶

Contents

本書は信濃毎日新聞に 2014 年朝刊 1 面に連載した「四季の一茶」を収録したものです。

一月

我門《わがかど》は昼過《ひるすぎ》からが元日《がんじつ》ぞ

元日は朝寝坊をきめて、昼頃に目覚める。大晦日遅くまで起きていたからだ。「我門」はわが家のこと。本来雑煮は、年越しの夜、神にお供えしたものをおろして新年に煮込んで食べたなごりといわれている。新年早々ずいぶんズクのないことを書いたが、寝正月もまたいいものだ。飾らない一茶の正月を述べた作品。「昼頃に元日になる庵かな」とも詠む。

老《おい》が身《み》の直《ね》ぶみをさるゝ《る》けさの春《はる》

「直（値）ぶみ」は物に値段をつけること。一茶48歳の作。人生50年の当時、48歳は高齢者だった。現在でも老いて部屋を借りようとする時など、しつこく年齢を問われ、場合によっては借りられないこともある。独身の一茶は身をもって体験したことだろう。独身者にとって年を重ねることは、必ずしも祝うべきことではなかった。季語は「けさの春」で元日。

這《は》へ笑《わら》へ二《ふた》ツになるぞけさからは

文政2（1819）年、正月長女さとが2歳になった折の作。当時は正月を迎えると年を取る数え年が一般的だった。一茶はさとの前に千太郎という長男を失っているので、その分さととの成長がうれしかったのだろう。「こぞ（去年）の五月生れたる娘に一人前の雑煮膳を居へて」という前書きがある。しかしさとはこの年6月疱瘡でなくなる。季語は「けさの春」。

人真似《ひとまね》に歯茎《はぐき》がための豆麩哉《とうふかな》

「豆麩」は正しくは豆腐。季語は「歯固め」。歯には齢という意味があり、正月の三が日に長寿を祈って鏡餅、いのししや鹿の肉、大根などを食べること。現在はあまり行われない。一茶は49歳で歯をすべて失ったから「歯茎がため」といったのである。そこで歯茎を固めるために豆腐を食べたのだが、やわらかい豆腐では果たして歯固めになったかどうか。

きそ始山《はじめやま》の梟笑《ふくろうわら》ふらん

季語は「きそ（着衣）始」。新年になって初めて新しい衣服を着ること。かつては正月三が日のうち吉日を選び着衣始の祝いをした。梟はフクロウ科の鳥で目は大きく全身が灰褐色。この句は江戸在住中の作で、貧しかった一茶は新しい着物など買えなかった。そんな一茶の身なりをきっと梟は笑っているだろう、という句。皮肉な梟の目つきが想像できる。

とぶ工夫《くふう》猫《ねこ》のしてけり恵方棚《えほうだな》

「恵方棚」は陰陽道（陰陽五行の理に基づく天文・易学から吉凶を判断する学問）でその年、幸福をもたらす年神がやって来る方角につる年棚（祭壇）。その方角は毎年異なる。いつもはない珍しい年棚に猫は興味をいだき、さっそく飛びつこうと用意をしている、の意。人間と動物の関心の違いをユーモラスに詠んでいる。文政４（１８２１）年正月の作品。

尻餅《しりもち》の跡《あと》は小町《こまち》がわかなつみ

季語の「若菜つみ」は、陰暦1月7日の七草がゆに入れる芹などの七草を摘むことをいう。「小町」は平安時代の女流歌人小野小町か、小町が美人だったことから単に美人をさしたものか。野原に大きなおしりの跡がついている。これは小野小町が若菜摘みをした折、尻餅をついた跡にちがいないという句。上品な季語に尻餅を配したユーモアのあふれる作品。

蓬莱《ほうらい》に南無《なむ》〳〵《なむ》といふ童《わらべ》哉《かな》

蓬莱は、蓬莱山にかたどった正月の飾り物。蓬莱山は中国の伝説上の理想郷で仙人が住むという不老不死の山。飾り物の蓬莱は、三方に松竹梅を立て、米、あわび、えび、栗、串柿などを盛って飾り、床の間に据えた。「南無〳〵」は幼児語で神仏を祈る言葉。床の間に飾られた奇妙な蓬莱を神仏と勘違いして祈っている。子どものむじゃきな姿を詠んだ作品。

福《ふく》わらや雀《すずめ》が踊《おど》る鳶《とび》がまふ

季語は「福わら（藁）」。正月に庭に敷くきれいなわらをいう。清めのためとも年賀の客を迎えるためともいわれ、特に地方で行われた。新春といっても庭などは霜解けなどでぬかるむことが多かった。新しく福わらを敷くや、それを喜んで雀が踊り、鳶が舞を舞うという。人間のみならず万物が喜ぶ正月の姿である。文化11（1814）年、信濃町柏原で詠んだ句。

君《きみ》が世《よ》や旅《たび》にしあれど笥《け》の雑煮《ぞうに》

「君が世」は天皇の治める平和な世の中。この句は「万葉集」に出る有間皇子の歌「家にあれば笥に盛る飯を草枕旅にしあれば椎の葉に盛る」（家にいると器に盛って食べる飯を今は旅行中なので椎の葉に盛って食べる）をふまえる。西国地方を旅した折の作で平和な政治のおかげで自分は旅行中だが器で雑煮を食べている、という句。季語は「雑煮」。

片乳《かたちち》を握《にぎ》りながらやはつ笑《わら》ひ

「はつ笑ひ」が季語で、新年になって初めて笑うこと。古来笑いのあるところには自然と幸福がやって来るといわれている。この作品も幸福だった一茶の家庭を描いたもので晩年の61歳の作。前年生まれた三男金三郎の姿を詠んだものと思われる。金三郎が母乳を吸いながら、もう一方の乳房を握りつつ笑っている。これが一茶の家の初めての笑いだった。

手《て》まり唄《うた》一《ひ》ヒ《い》二《ふ》フ《う》御代《みよ》の四谷《よつや》哉《かな》

「一ヒ二フ」は「一二《ひいふう》」と読むのだろう。季語は「手まり唄」。少女が正月に手まりをついて遊ぶ時にうたった唄。「御代」は天皇の治める平和な世。「四谷」は東京都新宿区南東部にある。まりつきをしている場所で特に意味はない。これは数字合わせの句で「一二」はついているまりの数、「御代」に三、「四谷」に四を合わせていて、調子がよい。

古羽織《ふるばおり》長《なが》の正月《しょうがつ》も過《すぎ》にけり

「羽織」は着物の上に着る、襟を折った短い衣。冠婚葬祭など正装の時に着た。一茶も古い羽織を一着持っていたのだろう。年始参りなどに着たが、長い正月も終わり、羽織を畳んでしまおうとしている。これは江戸在住時代の作品で生活は苦しかった。つつましい生活ぶりが分かり、羽織への慈しみも感じられる。

左義長《さぎちょう》や其上月《そのうえつき》の十五日《じゅうごにち》

季語の「左義長」は宮中行事にもあるが、ここでは民間の行事で、「どんど焼」といった方が分かりやすい。1月15日、門松や書き初め、正月の飾り物などを家々から集めて焼く行事。どんど焼の火が勢いよく燃えている上に、陰暦15日の満月（十五夜）が昇った。空も大地もこうこうとして明るく、まことに正月を締めくくるにふさわしいという句。

薮入《やぶいり》や犬《いぬ》も見送《みおく》るかすむ迄《まで》

「薮入」とは、正月と7月の16日に奉公人が勤めから解放されて実家に帰ることをいう。1日ぐらいしか休めなかったので、遠方の者は実家に帰れなかった。日頃かわいがっていた主人の家の犬だろう。奉公人が遠くかすむまで、いつまでも後姿を見送っているという句。文化14（1817）年の作で人と動物の親密な関係がほのぼのと伝わってくる。

寒月《かんげつ》や喰《くい》つきさうな鬼瓦《おにがわら》

季語は「寒月」。寒の内の月をふくめ冴えた冬の寒い月をいう。「鬼瓦」は屋根の端に置く大きな瓦で、かつては魔よけのために鬼の面をかたどった。寒月が冴え冴えと明るく屋根を照らしている。ふと鬼瓦を見ると、寒さのためか、その形相（顔つき）がものすごく、まるで食いつきそうに見える、の意。冬の夜の厳しさを鬼瓦の形相で強調した作品。

かたぐ《がた》は氷柱《つらら》をたのむ屑家《くずや》哉《かな》

水滴が軒などからしたたり凍ってたれ下った「氷柱」が季語。「かたぐ」は片方。「屑家」は老朽化したボロな家で、ここではすでに家が傾いているのだろう。斜めになった軒には太い氷柱がたれ下り、家を支えているように見える。いくら氷柱が太くても家を支えられるわけではない。オーバーな表現で滑稽感を出した作品。

下馬先《げばさき》や奴《やっこ》が尻《しり》に寒《かん》が入《いる》

季語は「寒が入」で、「寒の入」を掛けた。寒の入は一年で最も寒い「寒の内」に入ることをいう。「下馬先」は、城・寺社などの門前で馬から下りるべき場所。「奴」は武家の召使。冬でも着物をからげて尻を出していた。下馬先で主人の帰るのを待つ奴。その丸出しのお尻に寒の入の寒さがしみ入るようだ、の意。身分の低い奴への同情を詠んだ句。

云訳《いいわけ》に出《だ》すや硯《すずり》の厚氷《あつごおり》

文政5（1822）年、60歳の作。当時一茶の名声は全国に広まっており、遠方から短冊を希望する者もいた。今日一茶の遺墨《いぼく》は特に稀少というわけではないが、値段はなかなかのものである。この句は、短冊に揮毫《きごう》（書画をかくこと）を頼まれていたのに、すぐには書かなかった時のこと。硯にはった厚い氷を見せて、書けないことの理由としている。

棒突《ぼうつき》や石《いし》にかん〱《かん》寒《かん》の月《つき》

「寒の月」とは一年で最も寒い時期の月のことで、季語。「棒突」は寺社の境内などを六尺棒を突きながら回り、警護する者。あるいは辻番人（江戸市中の辻に設けた見張りの番所の者）をいう。寒の月が冴え冴えと照る夜、警護の男が六尺棒で石をカンカンと打ち安全を確認している。その音が響きいっそう寒々しく感じられる。「かん」の語が重なり調子もよい。

関守《せきもり》に憎《にく》まれ千鳥《ちどり》鳴《なき》にけり

季語は「千鳥」。チドリ科の水鳥の総称。大半が渡り鳥で冬は南に行く。関守は関所の番人。句は源兼昌の歌「淡路島かよふ千鳥の鳴く声に幾夜寝覚めぬ須磨の関守（淡路島から渡る千鳥の鳴声を聞いて幾晩目を覚ましたことか、この須磨の関守は）」をふまえている。眠れない須磨の関守に憎まれながら、千鳥は今夜も鳴いている、の意。古典のもじり。

一夜《ひとよ》さがくせに成《な》りけり寒念仏《かんねぶつ》

「寒念仏」が季語で、寒中の30日間、夜、鉦《かね》を鳴らし、念仏や題目を唱えて家々を巡り喜捨（寄進）を乞うこと。修行の一つだが一般人も行った。「一夜さ」は一晩。一晩気まぐれに行った寒念仏が癖になって、毎晩行うようになってしまった、という句。修行を芸事のように言っているのがおもしろい。「一夜さは出来心也寒念仏」と逆の句も作っている。

さす月《つき》(の)ぼんの凹《くぼ》から寒《かん》が入《いる》

寒の入は現在の1月5、6日ごろ。「ぼんの凹」は正しくは「盆の窪」で、首の後ろの中央のくぼんだ部分のこと。晴天の夜は寒さが厳しいが、寒気は特に背筋などから感ずることが多い。月が冴えるように輝く寒の入の今夜は、ぼんのくぼに寒気がずんずんと入り、思わず身ぶるいをするほどだという句。季語は「寒が入」で、「寒の入」を掛けた表現。

縄《なわ》付《つけ》て子《こ》に引《ひか》せけり丸氷《まるごおり》

「丸氷」は桶などにはった氷だろう。それに縄をつけて子どものおもちゃにした。氷のおもちゃは現代にはない。発想次第で何でも遊び道具にしたのが当時だった。そして、こんな単純な物まで玩具として喜ばれた。「はらんべ（童）は目がねにしたる氷かな」という句もあるが、この氷眼鏡も一種のおもちゃだろう。その自由な発想が面白い。

風《かぜ》の子《こ》や裸《はだか》で逃《にげ》る寒灸《かんやいと》

季語は「寒灸」。寒中に灸《きゅう》をすえること。灸は漢方の治療法の一つでモグサを体のつぼなどに乗せて焼き、病を治す。灸の熱で新陳代謝機能を盛んにする。寒中の灸は「かんきゅう」ともいわれ、土用の灸とともに特に効果が大きいといわれた。「風」は風邪だろう。風邪をひいた子に寒灸をすえて治そうとするが、嫌がって裸のまま逃げる、という句。

僧正《そうじょう》の天窓《あたま》で折《おれ》し氷柱《つらら》哉《かな》

「氷柱」はしたたり落ちる水滴が凍って棒のようにたれ下ったもの。「僧正」は僧侶の官位の最高位で、僧の取り締まり役。軒先の氷柱が僧正の頭に当たり折れた、という句意。僧正は当然頭髪をそっており、鋭い氷柱が当たれば頭は傷つくだろう。一茶は大名、武士、高僧など権力のある人を嫌った。この句も僧正の姿に快哉《かいさい》を叫んでいるように思える。

真黒《まっくろ》な藪《やぶ》と見《み》へしが寒念仏《かんねぶつ》

季語は「寒念仏」。寒中の夜、念仏などを唱えながら家々を巡る修行。「見へ」は「見え」が正しい。「藪」は雑草や木の密生した所。寒念仏は集団で行うことが多いが、ひとかたまりの念仏集団が、月のない夜中だったのでまっ黒の藪に見えた、という句。表現の仕方が奇抜で優れている。こ の句はおそらく体験から生まれたのであろう。最晩年の作。

角大師《つのだいし》へげきりもせぬ寒《さむ》(さ)哉《かな》

角大師は、天台宗の高僧慈恵大師の恐ろしい容貌をかたどったお札。魔よけや害虫よけとして家の入口などに貼った。「帰庵」の前書きがあり、一茶の家に貼られていたものだろう。正月貼られた角大師のお札が、はげそうになりながらも、風になびいている。その姿がお札の図柄と相まって寒さを感じさせるという句。

寒《かん》ごりや首《くび》のぐるりの三日月《みかつき》

「寒ごり（寒垢離）」が季語。寒中に冷水をあびたり、滝に打たれたりして体を清め、神仏に祈願することをいう。かつては江戸の深川不動堂、京都では清水寺の音羽の滝や伏見稲荷神社の滝などが主な場所だった。この句は、首のあたりまで水に入っているのであろう。首の周りの水に三日月が映っている、という。三日月が寒々しさを強調している。

一文《いちもん》がざぶり浴《あび》るや寒《かん》の水《みず》

季語は「寒の水」。寒中の水は薬効があると、昔は飲んだり酒を造ったりした。「寒の水をあぶる湯殿の行者かな」（北村季吟）という句もあり、浴びたりもした。一茶の句は信州に戻ってからの作で、江戸在住時代を回想したものだろう。江戸は水質が悪く水を売る業者から買った。一文分のわずかな水を、体に掛けたという句。「一文」が哀愁を誘う。

二月

霜《しも》の夜《よ》や横丁《よこちょう》曲《まが》る迷子鉦《まいごがね》

季語の「霜」は夜、気温が下がると、空気中の水蒸気が地面や物の表面で白く凍り付く。「横丁」は本来「横町」と書き、表通りから横に入り込んだ通り。「迷子鉦」は迷子を捜す時にたたく鉦。寒さの厳しい霜の夜、迷子が出たのだろう。迷子鉦がさびしい音を響かせながら横町を曲っていく。不安な様子を霜が強調している。晩年の作品。

けしからぬ月夜《つきよ》となりしみぞれ哉《かな》

みぞれは雨まじりの雪のこと。夜、気温が下がると雪になり、明け方のみぞれは、日中雨に変わりやすい。「けしからぬ」は、この場合、予想外だ、思いもよらない、の意。日中みぞれが降っていたが、夜になると思いもよらずカラッと晴れて月夜に変わった、という句。変化しやすいみぞれの特徴をよくとらえている。季語は「みぞれ」。

冬《ふゆ》の月《つき》いよく《いよ》伊与《いよ》の高根《たかね》哉《かな》

「伊与」は正しくは伊予。今の愛媛県をいう。「高根」は高い山。愛媛県を代表する高山といえば石鎚山だろう。西日本の最高峰で1982メートル。古くから信仰の対象とされて「万葉集」に歌がのっている。月の輝く夜、伊予の国に入ったが冴えた月光のためか石鎚山がますます高くそびえて見える。「いよ」の語を重ねリズムも整っている。

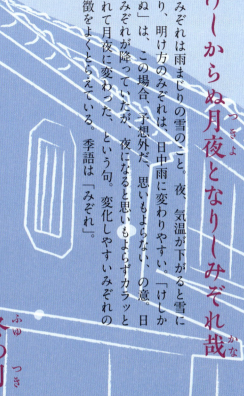

ほのぐ《ぼの》と明石《あかし》が浦《うら》のなまこ哉《かな》

この句は、作者不明の歌「ほのぼのと明石の浦の朝霧に島がくれゆく舟をしぞ思ふ」(ほのぼのと明るくなる明石の浦の朝霧の中、島かげに隠れて見えなくなってゆく舟を思う)をふまえている。季語は「なまこ」。海底に棲み体が細長いナマコ綱の棘皮《きょくひ》動物。明石は兵庫県明石市。優雅な歌を、見た目はグロテスクな動物に転換し滑稽味を出している。

冬枯《ふゆがれ》や垣《かき》にゆひ込《こむ》つくば山《さん》

季語は「冬枯」で、冬になって草木の葉が枯れ落ちること。「つくば(筑波)山」は茨城県のつくば市、桜川市などの境にあり、名所として知られる。冬枯の一日、風よけのために柴などで垣根を作った。今まで遠くに見えていた筑波山が垣根に隠れ、見えなくなってしまった、の意。信州に戻った年の作で、思い出して作った句だろう。「ゆひ込」が巧み。

としよりやいろり明《あか》りに賃仕事《ちんしごと》

文政5(1822)年の作。一茶の『俳諧寺記』には雪囲いで暗くなった屋内で「昼も灯にて糸とり縄なひ、老たるは日夜ほだ火にかぢりつく」という描写がある。この句も同じ環境での雪国の生活を詠んでいる。「賃仕事」は手間賃を取ってする仕事。老人といえど、健康ならいろりの明かりでアルバイトに精を出した。季語は「いろり(囲炉裏)」。

門川《かどかわ》や腹《はら》へひゞ《び》きて凍割《しみわ》るゝ《る》

この句は文化14(1817)年の作だから信州の冬の厳しさを詠んだものだろう。「門川」は家の入り口にある川。夜半になって家の入り口の川が凍り、さらに寒気がきわまって氷の凍み割れる音が聞こえてくる。まるで腹に響くかのように、の意。かつての信州の寒さが、恐ろしいほどの迫力で詠まれている。特に「腹へひゞきて」が印象的。

皹《あかぎれ》をかくして母《はは》の夜伽《よとぎ》かな

季語は「皹」。寒さのために手足の皮膚が裂けたもの。皮膚を不潔にしていたり、水仕事をよくしたりする人が特にかかりやすい。「夜伽」は夜、寝ないでそばについていること。孝行息子の姿を詠んでいる。皹の痛さを隠して、夜遅く母が眠りにつくまで夜伽をしている、という句。この母は一茶の義母ではないから、空想して作った句だろう。

桟《かけはし》や凡人《ぼんじん》わざに雪車《そり》を引《ひく》

犬や馬などに雪や氷の上を引かせて、人や荷物を運ぶものが「雪車」。ここでは人力で引いているか。「桟」は、けわしい崖に材木やふじつるなどで渡した板ごしらえの橋。特に木曽の桟は有名。そり引きが上手なわけではない普通の人が危険な桟の上をそりを引いて行く、という句。一茶は傍らからヒヤヒヤしながらそのなりゆきを見ている。

窓《まど》の雪《ゆき》つんでこそ〳〵《こそ》ばくち哉《かな》

「ばくち（博打）」は金品をかけて勝負を争うことで、江戸時代後期には盛んに行われていた。江戸では武家屋敷の中間《ちゅうげん》（武家の奉公人の身分の一つ）部屋などが、ばくちの主な会場にされた。この俳句は文政2（1819）年の作で、北信濃のばくちの様子をよく写している。窓辺に雪を積んで家の中の様子をさとられないように工夫している。

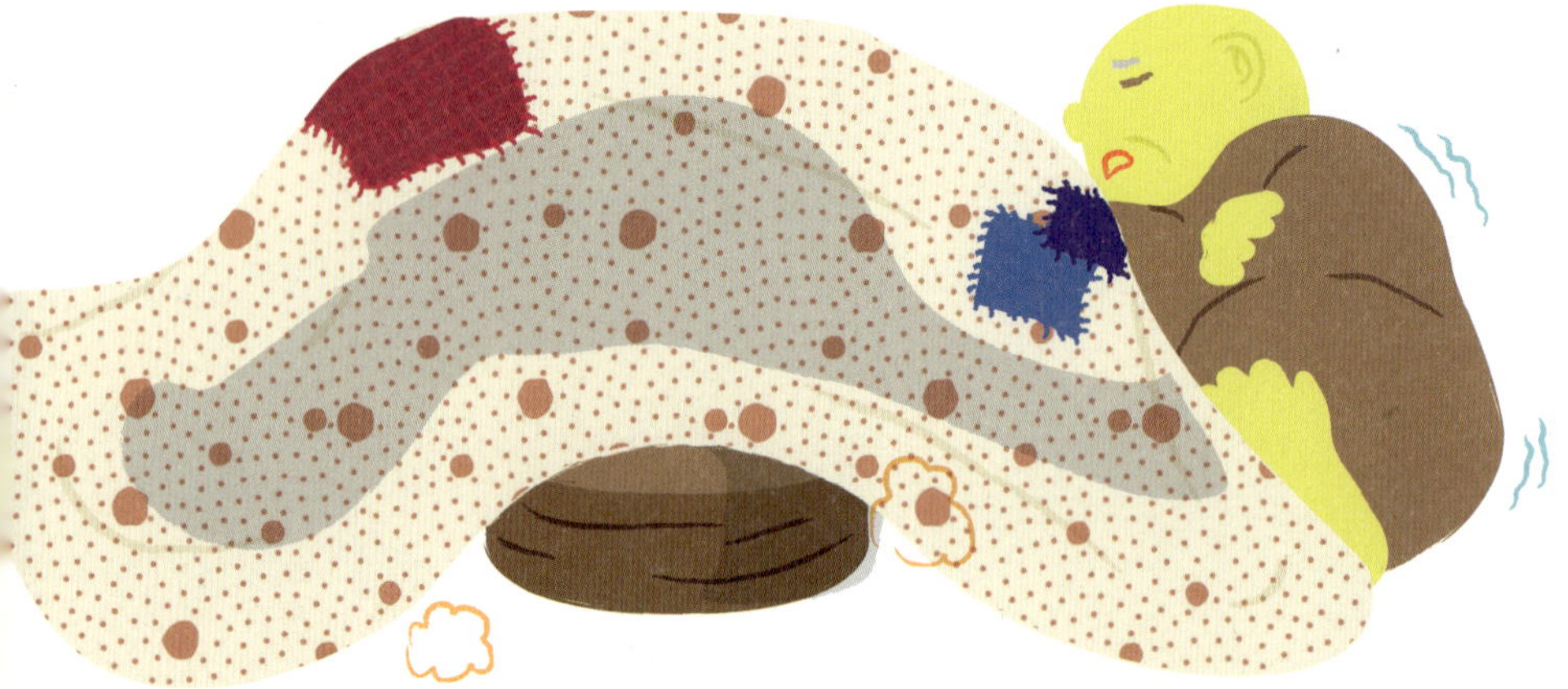

飯櫃《めしびつ》にきせればふとんなかりけり

「飯櫃」は飯を入れる木製の器。丸いふたがついている。この句には「草庵」という前書きがあるから一茶の自宅の様を詠んでいる。飯櫃にふとんをかけるのは、中の飯を冷やさないため。飯櫃にふとんをかけたら、もうわが家には寝る時かけるふとんがない、という句。少々オーバーな表現だが自虐もまた一茶の俳句の特徴である。季語は「ふとん」。

熊坂《くまさか》が大長刀《おおなぎなた》をあられ哉《かな》

「熊坂」は平安時代末期の伝説上の盗賊。熊坂長範《ちょうはん》という。岐阜県の赤坂の宿で牛若丸（源義経の幼名）に討ち取られたという。長刀は長い柄に反り返った長い刃をつけたもの。熊坂の大きな長刀にあられが激しくたたき付けるように降る、の意。勇壮な歴史絵巻の一場面。季語は「あられ」で、水蒸気が空気の中で急に冷えて氷結して降る白い粒。

君《きみ》が世《よ》や国《くに》のはづれもうき寝鳥《ねどり》

季語は「浮寝鳥」。冬の水上の鳥の総称が「水鳥」（冬季）だが、その中でも特に水に浮いたまま眠っている鳥を「浮寝鳥」という。「君が世」は天皇の治める平和な世。天皇の平和な政治は国中に行きわたり、国の外れにも安隠に寝て暮らす鳥がいる、の意。水鳥は外国からの渡り鳥が中心である。天皇、将軍による日本の平和な姿を強調している。

堂守《どうもり》がはっち袋《ぶくろ》を頭巾《ずきん》哉《かな》

防寒などのために頭にかぶる「頭巾」が季語。現在は僧侶ぐらいしか使わないが江戸時代は大黒頭巾、角頭巾などがあり、多くの人が用いた。堂守は寺のお堂を守る人。「はっち袋」は僧が托鉢でもらった物を入れる袋。あまりの寒さに堂守がはっち袋を頭巾がわりにした、という句。堂守の飄逸《ひょういつ》（俗事を気にせずのんきなこと）な姿がおもしろい。

けふ《けふ》くと命《いのち》もへるや炭俵《すみだわら》

「けふ」は「今日」。「へる」は「減る」だろう。季語は「炭俵」。炭を入れた俵のこと。わら製と萱製とがある。炭俵に入っていた炭も日々に減り、あと1、2日分しか残っていない。今日なくなるか明日なくなるかと思うと、炭同様命も減る（削られる）ように感じる、の意。享和3（1803）年の作。江戸での貧窮した生活を詠んでいる。

雁聞《かりきか》ん一夜《ひとよ》は寝《ね》かせ網代守《あじろもり》

「網代」は、晩秋から冬にかけて川の瀬の両側に杭を打って水をせき止め、網の代りに竹などを編んで並べ、その一端に簀《す》（竹などで編んだむしろ）をつけて氷魚《ひうお》（白魚に似た小魚）を捕るしかけ。網代守はその網代を守る人。夜の雁のさびしい声を聞きたい。網代守よ一夜その小屋に寝かせてくれ、の意。季語は「雁」（秋）、「網代守」（冬）。

けふ《けふ》く《ふ》と衾《ふすま》張《は》る日《ひ》もふりにけり

季語は「衾」。ここでは「紙衾」であろう。外側を紙で作り、中にわらを入れて作った、粗末な夜具。今日は衾の破れを紙で貼りつくろおう、今日こそはやろうと思いながら、またやらないで終わってしまった、という句。一茶の質素でわびしい生活ぶりが知られる。松尾芭蕉の美学「侘び」の作品でもある。文化２（１８０５）年、江戸在住中の作品。

一尺《いっしゃく》の子《こ》があぐらかくいろり哉《かな》

「いろり」は床を箱形に切って火を入れ、暖を取ったり炊事に使う所。立場によって座る位置が決められ、主人の位置を横座（正面）といった。一尺は約30・3センチ。子どもの年でいえば一歳足らずだろうか。座れば身の丈わずか30センチほどの幼な子が、一人前にいろりの一方で足を組んであぐらをかいて座っている、という句。季語は「いろり」。

しょう塚《づか》の婆《ばば》ゝへも誰《だれ》(か)綿帽子《わたぼうし》

季語は「綿帽子」で、真綿を平らにのばして作ったかぶり物。中年以上の女が外出用に用いた。「しょう塚の婆ゝ」は「しょうづかの婆」。しょうづかは三途の川のこと。婆はこの川で亡者の着物をはぎとるという。この石像は寺の境内などで閻魔像などとともに飾られているが、誰のしわざか憎まれ者の鬼婆の頭にも綿帽子がかぶせられていた、という句。

逃鳥《にげどり》や子《こ》をふり返《かえ》り〱《ふりかえり》

「追鳥狩《おいとりがり》」は狩の一種で、山野でキジ、ウズラなどを勢子（狩場で働く人夫）などに追い立たせて、弓や銃で狩をすること。突然勢子に追い立てられた親鳥が、子を残したまま逃げた。親鳥は子鳥を心配してふり返りふり返りしている、という句。人間のする狩の残酷さを批判した作品で、親子関係に敏感だった一茶ならではの作品。季語は「追鳥狩」。

我国《わがくに》やつひ戯《たわむ》れも雪仏《ゆきぼとけ》

季語は「雪仏」。雪を固めて作った仏の像。雪だるまの説もあるが、一茶には「有明や雪で作るも如来様」があるから、さまざまな仏の像を雪で作ったのだろう。「つひ」は正しくは「つい」。わが日本国では雪で何かを作ろうとする時、無意識に遊び心で雪仏を作ってしまう、という。日本人の厚い信仰心を述べた句で、かすかな愛国心も感じられる。

江戸川《えどがわ》や人《ひと》よけさせて浮寝鳥《うきねどり》

水に浮いたまま眠っている水鳥を「浮寝鳥」という。「御成場」の前書きがあり、将軍などの外出する場所のこと。ここでは狩猟をする場。「江戸川」は利根川の分流で埼玉県、千葉県、東京都の境を流れ東京湾にそそぐ。将軍の狩場は一般人は狩猟することができなかった。従ってそこに住む水鳥は安全が保障され、のんきに浮寝ができたのである。

枯草《かれくさ》と一《ひと》つ色《いろ》なる小家《こいえ》哉《かな》

「一つ色」は同じ色。小さく貧しい家があるが、周囲の枯草と同じ茶色をしている。茶色にくすんだ小さな家が、まわりの枯草に同化して区別がつかない。枯草に埋もれてしまったような小さな家。一茶はこう詠みながらどう思っていたのだろう。長い間借家暮らしをした一茶である。この家の住人に対し哀れみや親愛の心を持っていたのではないか。

鷹《たか》来《く》るや夷蝦《えぞ》を去事一百里《さることいっぴゃくり》

冬の鷹の中ではハヤブサとチュウヒが北方から渡来する。「夷蝦」は正しくは「蝦夷」で、北海道の古称。「夷蝦を去事一百里」は宮城県多賀城市にある多賀城碑の碑文にある「去蝦夷国界一百二十里」（蝦夷の国界を去ること百二十里）をもじったもの。古歌などをもじることは一茶の得意とするところで滑稽味をねらっている。

入相《いりあい》に片耳《かたみみ》ふさぐ衾哉《ふすまかな》

季語は「衾」。布などで作り、寝る時上にかける夜具。入相は「入相の鐘」の略。暮れ方につく寺の鐘の音。日常に慣れきっている我々に無常を諭すものとされる。故郷に帰住した直後の作で遺産交渉等問題が山積していた。この時一茶は分別くさい無常観など煩わしかったに相違ない。床に臥せながら衾で耳をふさいで鐘の音を聞くまいとしている。

氷《こおり》までみやげのうちや袂《たもと》から

おみやげとして、袂の中から氷をとり出して与えた、という句。氷は透明でキラキラと輝いていて美しい。解けてしまわなければ、いつまでも宝物にしていたいものだ。美しく紅葉した落葉をおみやげとした人の逸話が伝わるが、そんな童心を一茶も持ちあわせていた。文政7（1824）年、晩年の作品で一茶の純粋な心がよみとれる。

降雨《ふるあめ》やをそれ入谷《いりや》の冬《ふゆ》の梅《うめ》

「をそれ」は「おそれ」が正しい。「をそれ入谷」は「おそれいる（もったいないと思うこと）」と地名の入谷（東京都台東区北部）を掛けている。一茶の念頭には「おそれ入谷の鬼子母神」という言葉があったことであろう。早くも入谷に梅が咲いた。こんな雨の日にもったいないことだ、の意。軽妙な作品である。季語は「冬の梅」。

水仙《すいせん》の花《はな》の御湊誕生寺《おみなとたんじょうじ》

季語は「水仙」。ヒガンバナ科の多年草。花には一重と八重があり、匂いもよい。「御湊」は「小湊」であろう。千葉県鴨川市小湊のこと。小湊誕生寺は日蓮聖人の誕生した地に建てられた寺。海近くに建つが、周りは山に囲まれている。水仙の花があたかも聖人の誕生を祝うかのように霊場誕生寺の周辺に咲きほこっている、という作品。

三月

我庵《わがいお》や貧乏《びんぼう》がくしの雪《ゆき》とける

「雪解」は、冬が終わって気温が上り雪が解けること。一茶の家には壁や柱に破れや汚れがあったのだろうか。そういった貧乏めいたものを深い雪が隠していてくれた。忌み嫌われる雪だが、長所もある。その雪が消えて貧乏な家の姿が現れてしまった。春になったことはうれしいが、あらわにされたわが家の貧しい姿は何ともやるせない、の意。

かくれ屋《や》や猫《ねこ》にもすへる二日灸《ふつかきゅう》

陰暦の2月2日に灸をすえると無病延命の効果があるといわれた。「かくれ屋」は隠れ住む家であるが、ここでは隠居所ぐらいの意味だろう。一茶の猫好きはよく知られているが、猫に灸をすえることなど、はたしてできるだろうか。この句は、灸をすえようと戯れに猫をからかって遊んだ程度の意味だろう。季語は「二日灸」。

今一《いまひと》ッ雛《ひな》の目《め》をせよよい娘《むすめ》

「今一ッ」はもう少しの意。娘に呼びかけた句で、よい娘だ、もう少しお雛様のような優美な目つきをしておくれ、の意。この句は文政3（1820）年の作で、「娘」といえば前年に長女さとを失っている。これは、亡きさとに呼びかけた作品ではないだろうか。一茶はいつまでもさとのことが忘れられない。季語は「雛」。雛祭のお雛様。

汚《よご》れ雪《ゆき》世間並《せけんなみ》にはとけぬ也《なり》

「世間並」は普通。この句は信濃町柏原に帰ってから2年後の作。人の足などで踏み固められ汚された雪は普通の雪と違ってそう簡単には解けないという句。汚れた雪を詠んでいるが一茶の本意は人間を詠んでいるように思われる。世の中の辛酸をなめた人間はしぶとくて強く、そう簡単には負けない、の意。一茶自身を詠んだ作品か。季語は「雪解」。

出代《でがわ》りの誰《たが》まことより涙雨《なみだあめ》

「出代り」は、この時期に奉公人が入れ替わるので春の季語。「涙雨」は、深い悲しみのために涙が雨になって降るというもの。長い間勤めた家だ。親しんだ主人やその家族と別れるのはつらい。今日は出代りの日だが、雨が降っている。どこかにきっと別れを悲しみ、涙をこぼす者がいて降らせた雨に違いない、という句。

江戸口《えどぐち》やまめで出代《でがわ》る小諸節《こむろぶし》

「出代り」の句をもう一句。「江戸口」は江戸の出入口。信州から北国街道、中山道を通ると、板橋辺りが江戸口。「まめ」は健康なこと。「小諸（小室）節」は小諸地方の民謡で、江戸にも広まり馬方が馬を引きながら歌った。江戸口では信州人が元気で故郷の小諸節を歌いつつ同郷人たちと出代りをする、の意。

凍解《いてどけ》や山《やま》の在家《ざいけ》の昼談義《ひるだんぎ》

季語は「凍解」。凍りついた大地が春になって解けること。「在家」は僧籍に入っていない人。一茶は出家より在家の立場を尊重し、自らも実践した。「談義」は浄土宗で信者に仏法の教えを説いて聞かせること。春になって凍った道が解けるころ、山の在家の宗教者が、日ざしの強い昼間多くの人を集めて説法を行った。山道がぬかるんで大変だ。

梅《うめ》が香《か》や小藪《こやぶ》の中《なか》も正一位《しょういちい》

季語は「梅」だが、これは初午の句だろう。初午は陰暦2月の最初の午の日の祭りで各地の稲荷神社で行われる。京都の伏見稲荷大社は稲荷神社の総本宮で「正一位」の格があり、全国の稲荷もこれにならって「正一位」を冠する。ここでは小藪の中に稲荷や梅の木があるのだろう。「小藪」と「正一位」が対照的でギャップが句に滑稽感を与えている。

客《きゃく》ぶりや終《おわり》はつ雪〳〵《ゆきはつゆき》と

「客ぶり」は客としての態度。「終はつ雪」は「終わり初物」（時期の終わり頃になって実る野菜や果物を初物と同じように珍重すること）をもじった表現。雪国のこわさを知らないよそから来た客は、最後の雪を「終わり初雪」といって珍しがっている、という句。豪雪地に住む者ならではの気持ち。季語は「春の雪」。

落柿舎《らくししゃ》の奈良茶日《ならちゃび》つゞ《づ》く木《こ》(の)芽《め》哉《かな》

「木（の）芽」は、春に芽ぶく木の芽の総称で季語。「落柿舎」は芭蕉の門人向井去来の別荘で、京都の嵯峨にあった。現在の落柿舎は後に再建したもの。「奈良茶」は「奈良茶飯」の略。茶飯に大豆、あずき、栗などを入れたもの。木の芽がやわらかく芽ぶくころ、落柿舎では奈良茶飯をふるまう日々がにぎやかに続いている、の意。

野《の》の梅《うめ》や松《まつ》はいろ〳〵《いろ》に曲《まげ》らるゝ《る》

一茶の主張の一つに「此の身このままの自然に遊ぶこそ尊かるべけれ」がある。手を加えず自然のままに行うことこそが尊い、ということだ。野の梅は自然のままの姿であるが、庭の松はそのようには生きられない。なぜなら人間が手を加えるからである。一茶にとって「人為」は最も憎むべきものだった。この句はその主張を具体化した作品である。

辻堂《つじどう》の蜂《はち》の威《い》をかる雀《すずめ》哉《かな》

季語は「蜂」。蜂の種類は多く、習性も多様だ。中でもアシナガバチが最も一般的で、民家の軒先に巣を作る。「辻堂」は道端に建ててある仏堂。この句には「虎の威を借る狐（強い者の威力を頼って弱い者がいばること）」ということわざが使われている。辻堂の軒に蜂と雀の巣があって、蜂が飛び回るおかげで雀は人に巣を荒らされないですむ、の意。

さほ姫《ひめ》の染損《そめそこな》ひや斑山《まだらやま》

「さほ（佐保）姫」は春をつかさどる女神。染色や機織りを行うという。佐保山が奈良の都の東にあり、東は季節にあてると春となるところから起こった名。「斑山」は色がまだらになった山。飯山市と信濃町などの境にある北信五岳の一つ、斑尾山も掛けているか。色がまだらになった山があるが、きっと佐保姫が染め損なった山であろう、の意。

つがもなや江戸《えど》はえぬきの梅《うめ》の花《はな》

「団十郎」の前書きがある。団十郎は歌舞伎役者市川団十郎。荒事《あらごと》（歌舞伎で荒々しく勇ましく演出する方法）で、よく使う言葉に「つがもねえ」（とんでもない、ばかばかしい）があった。「はえぬき」は生粋。この句は梅を団十郎に見立てている。つがもねえ、この梅の花（団十郎）は江戸はえぬきの花だ、の意。芝居好きだった一茶らしい作品。

御仏《みほとけ》や寝《ね》てござっても花《はな》と銭《ぜに》

季語は「涅槃《ねはん》」。釈迦が陰暦2月15日に亡くなったことをいう。涅槃像は釈迦が北枕で横たわった姿を形どった像。お釈迦様は寝ていらっしゃっても花が供えられ、賽銭があげられ、うらやましい限りだ、の意。ここでは仏教的な考えをとり上げず、涅槃像の表面的な姿をとらえている。仏教に深い理解があった一茶にしては皮肉たっぷりの作。

梅折《うめお》るやえんまの帳《ちょう》につく合点《がてん》

「十王堂」の前書きがある。十王は地獄で罪をさばく閻魔王など10人の王。その像を祀ったのが十王堂。「えんま帳」は閻魔王が死者の生前の行状をひかえておく帳面。「合点」は承知すること。十王堂に梅が咲いていて、どうしても一枝がほしい。十王堂のことだから閻魔帳につけられることを十分承知の上で一枝いただくことにしよう、という句。

かくあらば衣売《きぬう》るまじを春《はる》の霜《しも》

寛政7（1795）年、四国地方を巡っていた頃の作品。季語は「春の霜」。「かくあらば」は、このようであったならば。このように春になっても霜がおりることがわかっていたら、冬用の着物を売らなかったものを、の意。寛政4年から続けていた長い旅だった。荷物になるものはなるべく持ちたくない。一茶の旅の苦労がしのばれる作品である。

住吉《すみよし》の隅《すみ》に菫《すみれ》の都《みやこ》哉《かな》

季語は「菫」。多年草で10センチから20センチに成長し、濃い紫の花が咲く。「住吉」は大阪市住吉区にある住吉大社で、海や和歌の神として知られる。海に面した松原が続いていた住吉大社の片隅に菫の群生地がある。こんな所にこんなに美しい菫の都があったとは。「住吉」「隅」「菫」と句の頭などに「すみ」を置き、リズムも整っている。

鶯《うぐいす》も親子《おやこ》づとめや梅《うめ》の花《はな》

「御殿山」の前書きがある。御殿山は東京都品川区北品川にあった山。江戸時代は東京湾に臨んだ景勝地で桜の名所として知られた。しかし、ペリーの黒船来航にあわてた幕府はこの山を切り崩し、品川砲台を造ったためにかつての面影はない。梅の花が美しく咲いている。鶯もこの地に雇われているのか親子連れの鶯が美しい声でさえずっている、の意。

中日《ちゅうにち》と知《しっ》てのさばる虱《しらみ》かな

季語は「中日（彼岸の中日）」。彼岸は仏教で春分・秋分を中日として前後7日間行われる法事。平安時代初期から行われたわが国独特の仏事である。虱はシラミ科の昆虫で哺乳動物に寄生して血をすう。「のさばる」は、横柄にふるまうこと。今日はお彼岸の中日だから殺されることはあるまいといって、虱が横柄にふるまっている、という句。

島原《しまばら》やどつと御影供《みえく》のこぼれ人《びと》

季語は「御影供」。御影講ともいい陰暦3月21日真言宗の寺で弘法大師の像（御影）を掲げ供養すること。ここでは京都の様子を詠んでいるから東寺などの御影供であろう。「島原」は京都にあった遊郭。御影供に参加した人が、帰りがけにどっと島原遊郭にくり出して遊んでいる、という句。心の伴わない単なる習慣と化した信仰を皮肉った作品。

御彼岸《おひがん》のぎりに青《あお》みしかきね哉《かな》

仏教で春分・秋分を中日として前後7日間行われる法事を「彼岸」という。ここでは春の彼岸。「ぎり（義理）」は道徳上いやでも務めなくてはならない行為。寒さも彼岸の頃になるとやわらぐのが普通だが、信州はいつまでも寒い。わずかに生け垣の植物が義理がましく青みがかったくらいだ、の意。季語は「彼岸」。生け垣を擬人的に詠んだところにユーモアがある。

行灯《あんどん》やぺん〱《ぺん》草《ぐさ》の影法師《かげぼうし》

季語は「ぺん〱草」。ナズナの成長した姿をいう。高さ10センチ以上に茎を伸ばし、三角形の三味線の撥《ばち》に似た実をつけることからぺんぺん草という。「行灯」は箱形の木枠に紙をはった照明具。この行灯は店の入り口などに置かれているものであろう。夜、灯した外の行灯をみると周囲のぺんぺん草の影が映っている、の意。観察の細かな作品。

行雁《ゆくかり》の下《おり》るや恋《こい》の軽井沢《かるいざわ》

雁は秋に北方からやって来て春に再び北へ帰る。軽井沢は今は避暑地だが、江戸時代は碓氷峠をひかえた宿場町。多くの飯盛《めしもり》女（宿屋で給仕や売春をした女）がいて旅人を引きとめた。「恋」といえば聞こえがよいが迷惑な旅人も多かった。恋の盛んな軽井沢を歓楽地とみて北方へ帰って行く雁たちも空から舞い降りて宿る、の意。季語は「行雁」。

わか草や北野《きたの》参《まい》りの子《こ》ども講《こう》

「北野」は京都市上京区北野。菅原道真（天神）を祀る北野天満宮がある。「北野参り」は学問の神、北野天満宮に詣でること。「子ども講」は子ども組など団体で組織する天満宮を信仰する天神講だろう。若草が青々と萌え出る神社にお参りする大勢の子どもたちがにぎやかに通り過ぎてゆく、という句。「若草」と「子ども講」がマッチし明るい作品。

大鶴《おおつる》の大事《だいじ》に歩《ある》く菫《すみれ》哉《かな》

季語の「菫」はスミレ科の多年草で山野に自生し、春に濃い紫色の花が咲く。わが国は世界有数のスミレ大国で、野生で約60種類もあるという。大きな鶴が、群れて咲くスミレを踏まないように慎重に歩みを運んでいる、の意。鶴の歩き方は、どちらかというと大股で、物に注意しながら歩いているように見える。「大事に歩く」がよい。

我里《わがさと》はどうかすんでもいびつ也《なり》

季語は「かすみ」。「いびつ」はゆがんでいること。わが故郷はどのようにかすんで、実景を隠してもやはりゆがんでいる。一茶の厳しい故郷観である。15歳で不本意ながら家を出て、亡父の遺産問題で帰郷しても冷たくあしらわれた。この句は信濃町柏原に定住して2年後の作だが、その恨みを一茶はまだ清算していないようだ。

雁鳴《かりなく》や今日本《いまにっぽん》を放《はな》るゝ《る》と

「外ケ浜」の前書きがある。当時日本の最北端とみなされていた青森県の陸奥湾沿岸の海浜。スケールの大きな作品で北方へ向かう雁の群れを描いている。これと対照をなすのが「けふ（今日）からは日本の雁ぞ楽に寝よ」である。いずれも一茶の自国意識、素朴な愛国心を感じさせる作品である。季語は「帰る雁」。「放るゝ」は「離るゝ」が正しい。

さほ姫《ひめ》のばりやこぼしてさく菫《すみれ》

「さほ（佐保）姫」は春の女神。この句は「新撰犬筑波集」の付け合い（下の句を出して上の句を付ける）「霞の衣すそはぬれけり」（霞の衣の裾がぬれた）「佐保姫の春立ちながら尿をして」（立春で佐保姫が立小便をされたので）をふまえる。「ばり」は小便。佐保姫のこぼした小便のためにスミレが咲いた、の意。一茶は滑稽な室町俳諧を好んだ。

行雁《ゆくかり》やおえどはむさしうるさしと

北方へ集団で帰る雁のこと。「むさし」はきたない、の意。いままで江戸にいた雁が北方へ帰ろうとしている。江戸は不潔で騒々しいと言いながら、の意。この句は文政元（1818）年の作で一茶は信州に帰っていた。江戸は確かに日本の中心だが人が多いだけ不潔で騒々しい――これが江戸暮らしの長かった一茶の本音であった。

たらの芽《め》のとげだらけでも喰《くわ》れけり

季語は「たらの芽」。タラの木は、ウコギ科の落葉小高木で、枝に鋭いトゲを持ち、高さは6メートルほどにもなる。芽立ちの折の若葉（俗に「芽」という）は天ぷらなどに適し、美味である。この句はその様子を詠んでいるが、人間に美味なものは動物たちにもおいしく、熊や鹿は春先に幹の皮までむいて食べてしまう。

春雨《はるさめ》や祇園《ぎおん》清水《きよみず》東福寺《とうふくじ》

「祇園」は京都市東山区にある祇園社で、明治以後八坂神社。「清水」は清水寺、同市東山区にあり、かつては真言、法相兼宗の寺だった。「東福寺」も東山区本町にある臨済宗東福寺派の大本山。春の雨が京都の東山区にある宏荘な祇園社、清水寺、東福寺にやわらかく降り注いでいる、の意。中七、下五が口で読んで響きがよく調子が整っている。

蝶見《ちょうみ》よや親子《おやこ》三人《さんにん》寝《ね》てくらす

季語は「蝶」。文政4（1821）年の作で、1月に次男石太郎が事故死している。「親子三人」は、石太郎と一茶夫婦だろう。春の日中、我々親子三人はこのように安楽に寝て暮らしている。蝶よ見てくれ、の意。蝶に一家の幸福な姿を見せつけている。石太郎はすでに他界しているが、一茶は生前の姿を思い出し、なつかしがっている。

我国《わがくに》は草《くさ》も桜《さくら》を咲《さき》にけり

「桜草」の前書きがある。桜草はサクラソウ科の多年草で、桜に似た小さな薄紅色の花をつける。桜は日本の国を象徴する花であり、一茶は草までも桜に似た花をつけると誇らしげにいう。日本を賛美した作品で、素朴な愛国心が感じられる。この頃になるとロシアなどと外交問題が生じ、一庶民の一茶も自国意識を持たざるをえなかった。

かゝる世《よ》に何《なに》をほたへてなく蛙《かわず》

「ほたへて」は甘えて、の意。このような世の中に蛙は何を甘えて鳴くのだろう、という句。「このような世」とはどんな世か。一茶はこの句の翌年（文化10年）、弟との遺産交渉に成功し、「世（の）中は是程よいを啼蛙」と詠んでいる。この句を参考にすれば「こんなにも良い世の中に」ということになる。季語は「蛙」で春。

かすむ日《ひ》やしんかんとして大坐敷《おおざしき》

季語は「かすむ」。水滴が空中に浮遊して白く、遠景がぼんやりする現象をいう。秋だと霧だが、春は霞。「しんかん」は森閑、音の聞こえない様子。「坐敷」は正しくは「座敷」。田舎の大きな農家などの情景であろう。障子を開け放った大きな座敷。霞が部屋の中にも白々と入り込んでいる。住人はどこにいるのか、物音ひとつしない。

陽炎《かげろう》や新吉原《しんよしわら》の昼《ひる》の体《てい》

春などに地面からちらちらと立ち上る暖かい空気を「陽炎」という。「新吉原」は、明暦3（1657）年に元吉原より移転した遊里で、現在の東京都台東区千束4丁目にあたる。新吉原は紅灯がなまめいた街、さて昼の体（様子）は、いたる所に陽炎がゆらめいて何かしらじらとしている、の意。夜の遊里を詠まず昼を詠むのがいかにも一茶らしい。

あはくし《あはくし》已《すで》に盛《さかり》は杉菜《すぎな》哉《かな》

季語の「杉菜」は、トクサ科の多年生シダ類をいう。杉菜の語はその姿が杉に似ていることに由来する。若いうちは食用になる。「あはくし」は非常に薄い、の意。下五の「杉菜」はその上の「盛は」を受けて、盛りは過ぎた、と掛け言葉になっている。杉菜が薄色に生えているが、この杉菜はすでに盛りが過ぎている、の意。軽妙の作。

猫《ねこ》の子《こ》の命日《めいにち》をとぶ小《こ》てふ哉《かな》

「命日」は毎月、毎年巡ってくる故人の亡くなった日。この句では猫。今日は子猫の命日だが、あたかもそれを知っているかのように小さな蝶が子猫の墓のまわりを飛んでいる、の意。子猫と小蝶はかつて親しい関係にあったことが分かるが、それはいってみればメルヘンの世界であり、夢のような話だ。小動物を愛した一茶らしい作品である。

梅《うめ》ばちの大挑灯《おおぢょうちん》やかすみから

「加賀守」の前書きがある。石川県金沢市を中心とする加賀藩主前田家。「梅ばち（鉢）」は紋所の名で、ひとえの梅を正面から見た形を描いたもの。前田家の家紋。梅鉢の紋所をつけた大きな挑灯が、「下に下に」の掛け声とともに霞の中からぬっと現れた。加賀藩の大名行列を詠んだ作品で、大挑灯がクローズアップされて印象的。

長《なが》の日《ひ》に心《こころ》の駒《こま》のそばへるぞ

「心の駒」は「心の馬」ともいい、馬が勇みはやって抑えがたいように、感情が激しく高ぶり自制しがたいこと。「そばへる」はふざけるとかじゃれつくこと。暖かく快適な春の日、心が勝手に騒いでじっとしていることができない、の意。長い冬が終わり、春の日永を楽しんでいる雪国の人の心を詠んでいる。季語は「長の日（日永）」。

象潟《きさかた》や桜《さくら》をたべてなく蛙《かわず》

「象潟」は秋田県にかほ市にあったかつての景勝地。一茶も若い頃訪れている。象潟の桜は、平安後期の歌人西行が「象潟の桜はなみに埋もれて花の上こぐ蜑のつり船」と詠んだとされる桜で、芭蕉も「桜の老木」と記している。その有名な桜の花びらを食べながら蛙が鳴いている。一茶が訪れたのは秋だからこれは空想の句。文化8（1811）年作。

大名《だいみょう》を馬《うま》からおろす桜《さくら》哉《かな》

「上野」という前書きがある。上野は東京都台東区西部の地名で、台地の上に旧徳川家の廟所（死者の霊を祭る所）寛永寺や東照宮などがあるが、江戸時代から桜の名所として知られた。その上野に大名が花見に来た。さすがの大名も桜に敬意を表し、馬から下りた、という句。身分制の時代に大名より桜を上位に見立てたところがいかにも一茶である。

なの花《はな》のとつぱづれ也《なり》ふじの山《やま》

季語は「なの花」。ナタネの花。昔は灯油などに使われたので大量に生産された。「とつぱづれ」は最も遠い端にある所の意。大胆な遠近法の作品で、近景、中景に黄色の菜の花畑が広がり、そのずっと彼方遠景に、いまだ雪を冠った白く小さい富士山が見える、といった景。葛飾北斎の「富嶽三十六景」などに似た構図の絵がある。

あたら世《よ》や日永《ひなが》の上《うえ》に花《はな》が咲《さく》

「あたら」はもったいないの意。冬の短い一日に比べて、日の長い春は喜ぶべきことである。もったいない世の中だ、日中が長く、いろいろなことがたくさんできる上に、美しい桜の花が咲いて人の心を楽しませてくれる、の意。文政2（1819）年の作で、春になったことを喜ぶ雪国の人の心を素直に詠んでいる。季語は「日永」「花（桜）」。

初虹《はつにじ》もわかば盛《ざか》りやしなの山《やま》

季語は「初虹」で春。通常は3月ごろ現れる。虹は細かい水滴が日光を受けて太陽と反対の空に7色の弓形で現れる。虹といえば一般的には夏の季語だが、春の虹は優美な趣きを持つ。信濃は他の地方にくらべ春の訪れが遅れる。初虹も信濃では山々が若葉の盛りごろに現れた。淡い若葉色と虹の色が美しい。文政5（1822）年の作。

婆《ばば》ゝどのも牛《うし》に引《ひ》かれて桜《さくら》かな

「婆ゝ」は正しくは「婆」。この作品には「牛にひかれて善光寺参り」ということわざが利用されている。意味するところは、思いがけないことが縁で偶然良い方に導かれることをいう。信仰心の薄い、強欲な老婆を、風流心の薄い老婆に転じたのがこの作品の手柄だろう。ことわざや有名な詩歌をたくみに一句にとり入れる一茶らしい作品。

迷子《まよいご》のしっかり摑《つか》むさくら哉《かな》

花見の場所で迷子が出た。大きな声で泣きわめきつつ親を探している。これを助ける者がいるかどうかは分からないが、迷子の手には桜の小枝がしっかりと握られている。子どもにはすでに桜に対する関心はないのだが、無我夢中でしっかりと桜を握って放さない。その真剣さ、かわいらしさが「しっかり摑む」という表現によく表れている。

どかくと花《はな》の上《うえ》なる馬《ば》ふん哉《かな》

季語は「花」で桜の花のこと。地面一面に散った桜の花びら、その上に馬が遠慮なく大便（馬ふん）を排せつした。一茶は大便、小便など一般人の嫌う言葉を平気で作品にとり入れた。それをもって一茶作品を俳句でないと決めつける人がある。現代の俳人金子兜太氏にも一茶と同様な傾向がある。私は大便も場合によって十分詩になると考えている。

春《はる》の日《ひ》や水《みず》さへあれば暮残《くれのこ》り

「春の日」は春の一日または春の日光の意で、季語。この句は後者をさす。春の陽が西に傾き、辺りはうす暗くなった。川や池の水だけはわずかな陽光でもこれをとらえ反射する。うす闇の中に浮かび出る川や池の姿はキラキラと輝き我々にその存在を訴える。これは春に限らない現象であるが、優美な春の夕べなら情景はなお生きてくるだろう。

菜《な》の花《はな》も一《ひと》ッ夜明《よあけ》やよしの山《やま》

「菜の花」はアブラナ科の二年草で中国から渡来、種から油をとるために栽培された。「よしの山」は奈良県吉野郡にある山で、吉野川に臨み、桜の名所として知られる。「一ッ」は同一であること。吉野山では桜の花と菜の花が同じ夜明けを迎えた、の意。薄桃色の桜と黄色の菜の花が、夜明けの清く澄んだ大気の中で美しく咲いている。

砂《すな》を摺大淀舟《するおおよどぶね》や暮遅《くれおそ》き

最も日の長いのは夏至であるが、冬の日が短かったせいか春は日が永く感じられる。「暮遅き」が季語。「大淀舟」は淀川を上下して京都・大阪間の貨物や客を運ぶ舟。淀舟の底が時々川底の砂に当たっていやな音をたてる。その音に耐えながら、日の暮れるのを待っているが、日はいっこうに暮れようとしない、の意。西国遊歴時代を回想した作品。

夜桜《よざくら》(や)大門《おおもん》出《で》れば翌《あす》の事《こと》

「大門」は、江戸の遊里、吉原の唯一の出入り口。「翌」は翌日。一茶も吉原に行ったことはあるだろう。一夜そこの夜桜などを楽しんで大門から外へ出た。外へ出るや先ほどの楽しみはどこかに吹きとんで明日のことが心配になってきた、の意。この作品は歓楽の後にやってくる悲哀（苦しみ）を述べているが同時に一茶の神経質な性格もうかがわれる。

霞《かすむ》やら雪《ゆき》の降《ふる》やら古郷山《こきょうやま》

「柏原遠望（遠くから見る）」の前書きがある。「古郷山」は黒姫山だろう。ＪＲ黒姫駅の西方にそびえる標高２０５３メートルの旧火山で、妙高山、飯縄山などとともに北信五岳の一つ。句は黒姫山の遅い春の姿。黒姫山は霞んでいるのか、雪が降っているのかうすぼんやりとしてよく見えない、の意。故郷の山を一茶らしくやや謙遜して詠んでいる。

蝶行《ちょうゆく》やしんらん松《まつ》も知《しっ》た顔《かお》

「善光寺」の前書きがある。長野市にある天台、浄土兼宗の寺。「しんらん（親鸞）松」は、建暦2（1212）年、浄土真宗の開祖親鸞上人が100日間善光寺にお参りした時、松を奉納したといい、それを由来に本堂内で今も花瓶に一本松が生けられている。蝶が善光寺の中まで飛んで行く。まるで堂内の親鸞松をよく知っているかのように、の意。

出《で》る月《つき》や壬生狂言《みぶきょうげん》の指《ゆび》の先《さき》

季語は「壬生狂言」。京都市中京区の壬生寺で4月29日から5月5日までの大念仏会（今年から日程変更）の時に行う狂言。信者が面をかぶり、鉦・笛・太鼓に合わせて手まね、足まねで演ずる。信者が演ずる壬生狂言の手の指先に、ぽっかりと春の月が現れた、の意。文政元（1818）年に詠んだ回想作だが、「指の先」など描写が具体的である。

桃《もも》咲《さく》やおくれ年始《ねんし》のとまり客《きゃく》

桃はバラ科の落葉小高木で、4月ごろ白色や淡紅色の花が咲く。季語は「桃の花」。「おくれ年始」は、正月に行う年始回りを遅れて行うこと。桃の咲く4月ごろ、泊まりがてら新年のあいさつにやって来たのである。普通の客ではなく親戚など親しい関係の人だろう。気温が上がり桃の花も咲いている。どこかのんびりした気分のただよう作品である。

蝶《ちょう》とぶや煮染《にしめ》を配《くば》る蕗《ふき》の葉《は》に

「煮染」は、何種類もの野菜にこんにゃくなどを加えてしょうゆで煮しめた料理。「蕗」は、キク科の多年草で、葉柄（葉を支える茎）と花の茎を食用にする。野良仕事の昼食などの情景だろう。蕗の大きな葉を皿代わりにして煮染を盛り、配っている。そこに蝶が一つひらひらと舞い寄ってきた。かつてどこでも見た農村風景である。季語は「蝶」。

きのふ寝《ね》し嵯峨山《さがやま》見《み》ゆる春《はる》(の)雨《あめ》

「嵯峨山」は京都市右京区嵯峨にある山。春雨の降る中、昨日野宿をした嵯峨山が遠くに見える。野宿は昨夜のことだが、何か遠い過去の出来事のように思い出される。ゆかりのあった地に強く懐かしさを感じるのは繊細な少年の感覚に近く、一茶の細やかな神経のありようが知られる。この感覚を春雨が優しく包む。

からし菜《な》の心《こころ》しづかに咲《さき》にけり

季語は「からし（芥子）菜」。アブラナ科の越年草で4月ころ黄色の花が咲く。種は黄色で辛みがあり、粉末にして辛子にする。辛子にするとヒリリと辛い芥子菜だが、花をつけるころはそんなそぶりもみせず、静かに咲いている、の意。一茶独特のアニミズム（一切の自然物には霊魂がある）俳句で、芥子菜のさりげない姿を描いている。

五月

春雨《はるさめ》や御殿女中《ごてんじょちゅう》の買《かい》ぐらひ

「御殿女中」は江戸時代、宮中・将軍家・大名家などの奥向きに仕えた女性。行儀見習いなどのために出仕する者が多かった。「買ぐらひ」は決まった食事以外に好きな物を買って食べること。長い春雨にうんざりした御殿女中が、気晴らしのために買い食いをしている、という句。上品であるべきはずの女性の、下品な行為をすっぱぬいた。

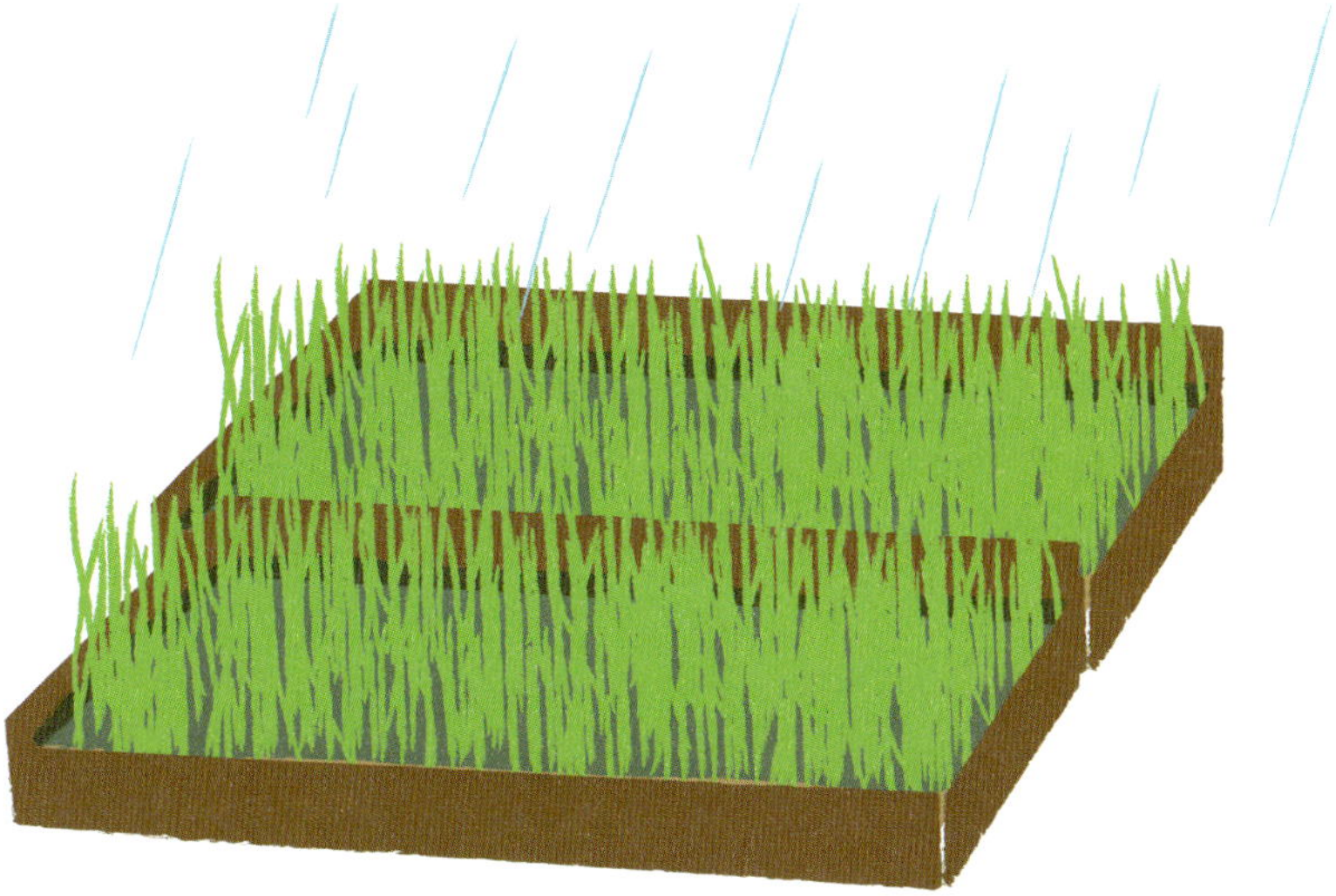

寝心《ねごころ》や苗代《なわしろ》に降《ふ》る夜《よる》の雨《あめ》

水にひたしておいた稲の種をまいて苗に育てるのが苗代。苗が20センチほど成長したところで田に植える。夜、苗代に雨が降っている。寝ながら苗に降るかすかな雨音を聞いていると、何ともいえない幸福感につつまれる、の意。文政7（1824）年の作で、農民でなければ分からない心情を詠んだ秀作。季語は「苗代」。

小酒屋《こざかや》の出現《しゅつげん》したり春《はる》の山《やま》

かつての信州では陰暦の4月8日、山の神の祭日と称し、多くの村人が山に登り、酒宴を催し、草花を採って帰った。その花に山の神が宿り、下山して田の神になるといわれたからだ。豊作の祈願祭である。この作品もその情景を詠んだものであろう。山の中にこの日限りの酒屋までできてしまった。「出現」の語がユーモアを誘う。季語は「春の山」。

粽《ちまき》とく二階《にかい》も見《み》ゆる角田川《すみだがわ》

季語は「粽」。端午の節句につくる菓子。うるち米またはもち米の粉を練り、笹の葉でつつんで蒸した。「角田川」は隅田川。荒川の下流部分を指した。隅田川の川舟に乗って岸辺を見ると二階で粽をほどいている人の姿が見えた、の意。開放した二階、粽、隅田川など全体にさわやかさに満ち5月らしい作品である。

白露《しらつゆ》は価《あたい》の外《ほか》のさうぶ哉《かな》

「さうぶ」（菖蒲）が季語。サトイモ科の多年草で沼などに生え、地下茎から長い剣のような葉を出す。5月5日の端午の節句には菖蒲を軒に挿し、菖蒲刀を作って遊ぶ。節句のために菖蒲を買ったら、その葉に玉のような白露が光っていた。この美しい白露は菖蒲の値段には入っていない、の意。お金にはかえられない自然の美しさを詠んだ。

志賀《しが》の都《みやこ》は荒《あれ》(に)しを幟哉《のぼりかな》

端午の節句に立てる幟。「志賀の都」は滋賀県大津市にあった都。この句には平忠度の「さざなみや志賀の都は荒れにしを昔ながらの山桜かな」（志賀の都はすっかり荒れてしまったが昔のままに美しく咲いている長等山の山桜よ）を踏まえている。かつての志賀の都は荒れてしまったが、今は端午の幟がはためいて賑わっている、の意。季語は「幟」。

さし柳翌《やなぎあす》は出《で》て行庵也《ゆくいおりなり》

季語は「柳」。「さし（挿）柳」は柳の枝を地中に挿し込んで根付かせること。文化2（1805）年、江戸市中を転々と移り住んでいた頃の作。明日はこの家を去るというのに、その敷地に柳の挿木をするという。自分はその柳を見ることができないが後の住人が見ることであろう。どこかに漂泊者の悲しみのようなものが感じられる作品である。

三文《さんもん》が霞見《かすみみ》にけり遠眼鏡《とおめがね》

「白日登湯台」（真昼に湯島に登った）の前書きがある。湯島は東京都文京区にある。茶店で貸している望遠鏡（遠眼鏡）をのぞいたが霞ばかりで何も見えなかった、の意。一茶はよく金銭（三文）を詠んだが、それは一茶が合理的な考え方の持ち主であったから。もう一つ大事なことはこの時代も貨幣万能の経済だったためである。季語は「霞」。

青柳《あおやぎ》や梅若《うめわか》どの〻御茶《おちゃ》の水《みず》

季語は「青柳」。葉の青々とした柳をいう。「梅若どの」は謡曲「隅田川」の主人公、梅若丸をいう。京都の公家の子で人買いに誘拐された後、隅田川のほとりで病死する。東京都墨田区の木母寺にその墓がある。「御茶の水」は梅若丸の遺跡らしいが所在は不明。その昔、梅若殿が水を汲んだお茶の水のほとりに柳が青々と茂っている、の意。

野《の》ばくちや藪《やぶ》の談義《だんぎ》も一《ひと》かすみ

文化11（1814）年の作だから北信濃の実際の姿を詠んだ作品。「野ばくち」は野原で賭け事をすること。「談義」は浄土宗で信者に仏法の教義を説いて聞かせること。当時、北信濃では野の片隅でばくちをしたり、藪の中で人を集めて説法をしていたらしい。そうした善や悪も霞の中にとけこみ、一切を大きな自然が包みこんでいるという句。

白水《しろみず》の畠《はた》へ流《ながれ》て春《はる》の月《つき》

「春の月」といえば、まず朧月が思いうかぶが、ここでは秋の月とは違った、どこか温かみのある黄みがかった月であろう。「白水」は米のとぎ汁。台所で使った水がそのまま裏の田畑に入る、農家の姿である。白水は普通の水より養分があり肥料の足しになる。平和な農村の情景で、畑に入った白水に春の月光がキラキラと輝いている。

しなのぢや山《やま》の上《うえ》にも田植笠《たうえがさ》

季語は「田植笠」。田植えの時に早乙女がかぶる笠。「しなのぢ（信濃路）」は長野県のこと。長野県では山の上にも田んぼがあり、早乙女が笠をかぶって田植えをしている、の意。一茶は同時に「人の世や山の上でも田植うた」とも詠んでいる。かつては稲作中心の社会。一茶の時代になると新田開発が盛んに行われ、いたる所に田畑が拓かれた。

負《お》ふた子《こ》も拍子《ひょうし》を泣《なく》や田植唄《たうえうた》

田植えをしながら歌う民謡が「田植唄」で季語。母親が泣く子を背負って田植えをしている。母親が他の人に合わせて田植え歌を歌うと、そのリズムに合わせて背中の子も泣き声をあげる、の意。この子の泣き方はもしかしたら〝うそ泣き〟の可能性もあるが、母子一体、子どもまで田植え歌に同化しているところにこの句のよさがある。

春雨《はるさめ》や夜《よ》さりも参《まい》る亦打山《まつちやま》

「夜さり」は夜になること。「さり」はやって来るの意。「亦打山」は一般的には「待乳山」と書く。東京都台東区浅草7丁目にある小さい丘で、上に大聖歓喜天を祀る聖天宮がある。災難を除き、夫婦和合、福徳を得るといわれる。春雨がやわらかに降っている。待乳山はその御利益を頼んで夜も参詣する人がいる、の意。平和な江戸の風俗を描く。

陽炎《かげろう》やきのふ鳴《なき》たる田《た》にし殻《がら》

季語は「陽炎」「田にし（螺）」。陽炎は地面からゆらゆら立ち上る暖かい空気。はかなく消えることから無常観を意味することが多い。「田螺」は田などに住む淡水産巻き貝。昨日まで生きて鳴いていた田螺が人間に食べられ、今日は殻の上に陽炎が立ち上っている、の意。水中で呼吸する姿を「鳴く」といった。これも無常観をテーマとしている。

一《ひと》ッ星見《ぼしみ》つけたやうになく蛙《かわず》

「一ッ星」は夕方または明け方に、一つだけ出ている星。宵の明星、明の明星をいう。子供が一つ星を探し合い唱える文句に「一つ星見つけたら長者（お金持ち）になろな」がある。一茶の句もこれを踏まえている。子供が一つ星を見つけた時のように、蛙が大声で鳴いている、の意。蛙の鳴く声を子供の文句にたとえるのは、いかにも一茶らしい手法だ。

なく蛙《かわず》此《この》夜《よ》葎《むぐら》の伸《のび》ぬべし

季語は「蛙」。蛙は春の季語だが「青蛙（雨蛙・枝蛙）」は夏の季語になる。「葎」は、野原に茂り薮をつくる植物の総称。蛙は湿気や雨に敏感で雨を予測したりする。蛙がしきりに鳴くが、明日あたりきっと雨になるだろう。今夜は薮の植物たちも成長するに違いない、という句。蛙の鳴き声と葎の成長の関係を感覚的に鋭く指摘した作品で、43歳の作。

日永《ひなが》など禄盗人《ろくぬすびと》のほたへけり

「禄盗人」は才能・功績がなく、また職務に忠実でもないのに、高い俸禄をうけている者をののしった言葉。一茶は武士階級を想定している。「ほたへ」は「ほたえ」が正しく、つけあがる、の意。税金泥棒（武士のこと）が日永になってのんびりする、などとつけあがったことをいっている、の意。支配者に厳しかった一茶らしい作品。

世《よ》の中《なか》や蝶《ちょう》のくらしもいそがしき

この句には江戸前期の俳人西山宗因の「世の中や蝶々とまれかくもあれ」（蝶が花にのんびりと止まっているように、いずれにせよ人間も、この世はのんびり楽しく暮らすべきである）を踏まえている。宗因は蝶の姿をのんびりと見たが、蝶には蝶の仕事がたくさんあり、その生活も多忙なのだ、という句意。古典作品のもじり。季語は「蝶」。

蛍《ほたる》とぶ夕《ゆうべ》をあてやさし柳《やなぎ》

季語は「柳」。ヤナギ科の植物の総称。「さし（挿）柳」は柳の枝を湿気の強い地中にさし込んで根付かせること。「蛍」は夏の季語でホタル科の昆虫。腹の端に発光器があり、夜光りつつ飛ぶ。川端に柳の挿し木をしたが、それは夏になって柳の木に飛ぶ蛍を楽しむ目的からだ、の意。しだれ柳に光りつつ飛ぶ蛍の姿は確かに美しい。

時《とき》めくや世《よ》をうぢ山《やま》も田植唄《たうえうた》

「うぢ山」は京都府宇治市の山。この句は僧喜撰の「吾が庵は都のたつみしかぞすむ世をうぢ山と人はいふなり」（私の庵は都の東南に当たり安らかに住んでいる。なのに世の人はここを世を避けて住む宇治山だという）を踏まえている。季語は「田植唄」で、田植えに合わせて歌う歌。世を避けて住む宇治山も今は田植え歌の盛りで時めいている、の意。

笛役《ふえやく》は名主《なぬし》どの也蝶《なりちょう》のまひ

「名主」は、江戸時代の村の長で郡代や代官の命令をうけて村の政治を行った。関東では名主、関西では庄屋といった。名主が蝶の飛ぶ庭で笛を吹いているさまを能楽等の舞台に見たてた作品。笛の音に呼応するように蝶が舞っているのであろう。メルヘンの世界で蝶と人間が一体化した姿を、夢のように描いている。季語は「蝶」。

藤《ふじ》の花《はな》なむあら〳〵《あら》とそよぎけり

季語は「藤の花」。マメ科の落葉つる植物で春に房状の薄紫、白色の花が咲く。この句には「一向寺」の前書きがある。親鸞が創始した浄土真宗の寺は、「一向専修（脇目もふらずその事に専念する）」に阿弥陀仏を念ずることからこう呼ばれた。一向寺の藤は寺の教えのように「なむ（南無）あらあら」と、脇目もふらずそよいでいる、の意。

早乙女《さおとめ》におぶさって寝《ね》る小《こ》てふ哉《かな》

早乙女は田植えをする女性。かつては未婚の女性に限られた。早乙女が田植えをしていると、どこからか小さな蝶がやって来て早乙女の背中にとまり、じっとして動かない。きっと寝ているに違いない、の意。俗語を多用した一茶であるが「おぶさ（る）」もその一つ。人間と動物が一体となった温かい作品。季語は「早乙女」「てふ（蝶）」。

山雲《やまぐも》や赤《あか》は牡丹《ぼたん》の花《はな》の雲《くも》

季語は「牡丹」。ボタン科の栽培落葉低木。花は豊麗で気品があるため花王と呼ばれる。一茶は同時に「山寺や（赤い）牡丹の花の雲」とも詠む。「花の雲」は花が一面に咲き連なっている様子を雲に見立てた表現。桜の花に使うことが多い。山の雲が赤いのは、あの辺りに牡丹の花が一面に咲いているからであろう、の意。

松島《まつしま》やかすみは暮《くれ》て鳴雲雀《なくひばり》

雲雀はヒバリ科の小鳥。スズメよりやや大きく麦畑などに巣を作り、空中でよくさえずる。「松島」は宮城県の松島湾一帯。大小260余りの島があり日本三景の一つに数えられる。松島の多くの島々は夕がすみの中に隠れて、まさに暮れようとしている。そんな中、どの島で鳴くのか雲雀がしきりにさえずっている、の意。季語は「かすみ」「雲雀」。

陽炎《かげろう》にさら〳〵《さら》雨《あめ》のかゝ《か》りけり

「陽炎」は地面からゆらゆら立ち上る暖かい空気。糸のように見えることから糸遊ともいう。これは天気雨を詠んだものであろう。ゆらゆらと立ち上る陽炎ににわか雨が降りかかり、陽炎を濡らしている。その姿を一茶は「さらさら」と表現する。「さらさら」は物が軽く触れ合う時の音だが、さすがは擬声（態）語の名手、表現が巧みである。

金《かね》まうけ上手《じょうず》な寺《てら》のぼたん哉《かな》

季語は「ぼたん（牡丹）」。ボタン科の栽培落葉低木。中国の原産。「まうけ」はもうけ（儲）ること。一茶は同時に「唐びいきめさるゝ寺（の）ぼたん哉」とも詠んでいる。京都など観光地に行くとこの句のように何でも拝観料をとる寺がある。一茶は在家（僧籍に入らない人）の仏教者であっただけに堕落した僧侶には厳しかった。

山吹《やまぶき》は時鳥《ほととぎす》待《ま》つもり哉《かな》

季語は「山吹」。バラ科の落葉低木。春、黄色の五弁の花が咲く。「時鳥」は夏の季語になるが、カッコウ科の小鳥で初夏、南方から渡って来て、山野で鳴く。美声で知られる。遅くまで山吹が咲いているのだろう。山吹は、南方からやって来る時鳥を待ち、一緒に夏の季節を楽しむつもりらしい、の意。山吹と時鳥は美しい取り合わせだ。

陽炎《かげろう》や菅田《すげた》も水《みず》の行《ゆき》とゞ《ど》く

「菅田」は菅を育てるための田んぼ。菅は、カヤツリグサ科の多年草で種類が多く、春、穂状の花が咲く。茎は線状で笠や蓑をつくった。陽炎の立つ暖かい春の日、乾いていた菅田にも水が入れられ、ほぼ全域に行きわたった、の意。直線的な菅の姿と陽炎の曲線が対照をなし、菅の緑もまた印象的な句。写生の方法も的確である。

六月

涼風《すずかぜ》はどこの余《あま》りかせどの不二《ふじ》

「浅見（間）参」の前書きがある。浅草富士は東京都台東区浅草5丁目の浅草富士権現にある人造の富士山で、6月1日の例祭に多くの人が参詣した。「せど（背戸）」は裏口。人家の裏口にある浅草富士に登ると涼風が吹いてきたが、この風はどこを吹いた残りだろうか、の意。人造だけに涼風もスケールが小さい。季語は「浅草富士詣」「涼風」。

御仏《みほとけ》や生《うま》るゝまねに銭《ぜに》が降《ふる》

季語は「仏生会」。陰暦4月8日に生まれた釈迦を祝う法会。山吹、辛夷などの花で葺いた花御堂を作り、誕生仏に甘茶をかけて祈る。この花御堂に賽銭をあげる人もいる。この句はその情景を皮肉ったものである。様式化（ならわしに基づいて形式化すること）した仏教に対する批判と思われる。仏教の本質はそんな所にはない、と一茶は言いたげだ。

つくづくとぼたんの上《うえ》の蛙哉《かわずかな》

季語は「ぼたん（牡丹）」（夏）「蛙」（春）。牡丹はボタン科の栽培落葉低木。「つくづく」は身に染みるように深く感じる様子。牡丹の大きな花びらの上に蛙が乗っている。その様子を見ると蛙はしみじみと花に感じいっているようだ、の意。蛙がはたして花の美に感激するかどうか分からないが、一茶は蛙の心まで読み取ろうとしている。

灌仏《かんぶつ》をしゃぶりたがりて泣子哉《なくこかな》

釈迦の誕生日に、誕生仏の像に甘茶を注いで供養する行事が「灌仏」で季語。釈迦が生まれた時、甘露（天下泰平の印として天が降らすという甘い露）の雨が降ったという。甘茶で濡れて光る誕生仏を飴か何かと勘違いした幼い子が、その像をしゃぶりたがって泣いたという句。大人の儀式を理解しない、子どもらしい発想の作品。

みちのくや判官《ほうがん》どのを田《た》うへ歌《うた》

「田うへ歌」は田植えをしながら歌う民謡。「みちのく」は東北地方。「判官」どのは源九郎判官義経のこと。義経は岩手県平泉で育ち、晩年その地に戻って衣川館で戦死した。みちのくはゆかりの地である。東北地方は田植えの時に判官義経殿を田植え歌としている、の意。東北人は義経が好きなのであろう。そんな精神風土を詠んだ作品。

正直《しょうじき》の首《こうべ》に薬《くすり》降《ふ》る日《ひ》かな

陰暦5月5日に降る雨。この日午の刻（正午をはさんで前後2時間）に、竹の節にたまった雨の水で薬を作ると効果があるといわれた。季語は「薬降る」。「正直の首」は「正直の頭に神宿る」（正直な人には必ずいつかは神様の助けがある）を踏まえる。5月5日、正直な人には必ず薬が降って助けてくれる、の意。ことわざを巧みに一句にまとめた。

僧《そう》になる子《こ》のうつくしやけしの花《はな》

季語は「けし（芥子）の花」。ケシ科の越年草で初夏に白、紅、紫などの美しい花が咲く。僧侶になろうとする子どもがいる。これからは修行にあけくれる厳しい毎日が待っている。折から庭に芥子の花が咲いているがこの花の美しさは僧侶になろうとする子の姿を象徴しているかのようだ、の意。取り合わせが的確で繊細な情景を巧みに描いている。

朝富士《あさふじ》の天窓《あたま》へ投《ほう》る早苗哉《さなえかな》

季語は「早苗」。苗代で育った苗に葉が7、8枚ほど出た頃、本田に稲を植える。この句は田植え風景である。苗代から抜き取った早苗の束を本田の植える位置に投げ入れる。朝、富士山の頂《あたま》を越えるほどに高々と早苗の束を投げ上げた、の意。「富士の天窓へ投る」がやや大げさだが、さわやかさが強調されている。

それなり（に）成仏《じょうぶつ》とげよ蝸牛《かたつむり》

「成仏」は、悟りを開き仏（覚者）になること。一茶は「それなりに」という表現をよく使うが、あるがままの自己を受け入れることを意味している。季語は「蝸牛」。マイマイ目の軟体の陸生貝。蝸牛は他の動物に比べて行動が遅いが、そういう自己を素直に受け入れてゆっくり生きろ、と言っている。一茶が自身に言い聞かせた句かもしれない。

かんこ鳥《どり》しなの〻《の》桜《さくら》咲《さき》にけり

季語は「かんこ鳥」（夏）「桜」（春）。かんこ鳥は郭公のこと。カッコウ科の鳥で初夏に南方からやって来る。文化3（1806）年、江戸で故郷を思いやった作。今頃信州では郭公が鳴くとともに遅咲きの桜が咲き、春もいつのまにか夏に変わっていることだろう、の意。春が短く夏の来るのが早い北信濃の風土が叙情的に詠まれている。

小《ち》さい子《こ》も内《うち》から来《く》るや田植飯《たうえめし》

「田植飯」は田植えの折、畔に運んで食べる昼食や間食。この場合は早苗饗（田植えを終えた後、神や田植えを手伝った人々をねぎらう祝宴）だろう。田植え飯にはなるべく多くの人を呼んで祝おうとする。そこで田植えと無関係の、他家の子どもまで家から呼んで食べさせた、の意。農家同士の親密なつきあいが、ユーモアをもって描かれている。

子《こ》ありてや橋《はし》の乞食《こじき》もよぶ蛍《ほたる》

「乞食」は金や物をもらって生活している人。この乞食は橋の下を自分の家代わりにしている。子どもがいるらしく「蛍よ来い」と蛍を呼んでいる、の意。蛍を呼んでいるのはあるいは子どもか。一茶には「乞食」を詠んだ作品が多いが、この句のように乞食をさげすんだところがない。それは一茶自身が貧窮な生活に苦しんだことがあるからだろう。

五月雨《さつきあめ》又《また》迹《あと》からも越後女盲《えちごごぜ》

「五月雨」が季語で、梅雨のこと。「迹」は「後」、「女盲」は「瞽女」が正しい。瞽女は三味線をひき、歌をうたって物を乞う盲目の女性。越後（新潟県）には瞽女が多く、昭和30年代まで東北信地方へも巡業していた。五月雨が降る頃は野良仕事ができないから、農民などは退屈していた。それらの人々をあてにして瞽女が次々とやって来る、の意。

孑孑《ぼうふら》の念仏《ねぶつ》おどりや墓《はか》の水《みず》

ボウフラは蚊の幼虫で、水中で棒を振るような姿で浮き沈みをくりかえす。念仏踊りは一遍上人が広めたといわれ、念仏を唱え鉦、太鼓などを鳴らしつつ踊る。「墓の水」は花生けにたまった雨水などのことか。墓の水たまりの中ではボウフラが浮き沈みを繰り返し、まるで念仏踊りをしているようだ、の意。季語は「孑孑」。

痩蛍《やせぼたる》小野《おの》の花殻《はながら》流《なが》れけり

「小野」は京都の比叡山ろくで、平安時代に惟喬《これたか》親王が世を隠れて住んだ地として知られる。「花殻」は仏にお供えした花が、しおれたり、古くなったりして、捨てたもの。川のほとりには痩せた蛍がさびしげに飛んでいるが、折しも上流の小野で捨てられた花殻が流れてきた、の意。小野の古典的な背景を踏まえた作で、一茶44歳の作品。

しなのなる山笹《やまざさ》の子《こ》も折《お》れけり

「山笹の子」は根曲がり竹のことであろう。主に北信濃では、初夏になると山深く山笹の薮に押し入って根曲がり竹を採る。みそ汁や天ぷらにするとおいしいが、わざわざ人里離れて生えている根曲がり竹を採らなくともよいのに、というのが一茶の感想である。一茶は根曲がり竹の立場に立って、それを採る人間を批判している。

孤《みなしご》の我《われ》は光《ひか》らぬ蛍《ほたる》かな

「きりつぼ　源氏も三ツのとし、度も三ツ（の）とし、母（に）捨られたれど」（度は我の誤り）の前書きがある。「きりつぼ」は「源氏物語」の第1帖の名。光源氏も自分も3歳の時、母に死なれた。光源氏は准太上天皇の身分になったが自分は光らない蛍のように無価値な存在だ、の意。58歳の作で一茶は晩年になっても孤児にこだわっている。

孑孑《ぼうふら》の天上《てんじょう》したり三ケ《みか》の月《つき》

季語は「孑孑」で夏。「三ケの月（三日月）」は秋。ボウフラは蚊の幼虫。糸状で赤または茶色。体長約5ミリ。池や桶など古くよどんだ水中で棒を振るような姿で浮き沈みを繰り返す。三日月は陰暦で毎月の3日の夜に出る月。ボウフラが蚊となって、三日月をめざして天空に飛び立ってゆく、の意。蚊は憎むべき小動物だが、この句の姿は美しい。

つゝ《つ》じから出《いで》てつゝ《つ》じへ清水《しみず》哉《かな》

ツツジはツツジ科の常緑または落葉低木で春、夏のころ、赤や白などの花が咲く。ツツジの根元に清水が湧いている。そこから流れ出た水は次のツツジの根元へと流れて行く、といった情景を詠んだ。山地などの自然の姿と思われるが、ツツジと清水の取り合わせが美しい。季語は「清水」で夏。「つゝじ」は春の季語。

行当《ゆきあた》る家《いえ》に泊《とま》るや大《おお》ぼたる

「ほたる（蛍）」はホタル科の昆虫で、夏、水辺の草むらなどにすむ。腹の端に発光器がある。大蛍は源氏蛍だろうか。大蛍は飛んでいって、たまたま行きあたった家を一夜の宿とする、の意。大蛍の貫禄を詠んでいるが、人生もくよくよ悩んだりしないで、句の大蛍のように、その場のなり行きに任せるのもまた一つの生き方であろう。

灰汁《あくじる》の水《みず》が澄《すみ》きるわか葉《ば》哉《かな》

季語は「わか（若）葉」。芽生えてまもない葉のこと。「灰汁」は灰を水にひたして取った上ずみ。アルカリ性で、洗濯や染め物に使う。農家などの庭先だろう。庭木がつやつやと緑の葉を伸ばし、緑色に染まっている。その下に置いた灰汁桶の灰汁もよく澄んでいる、の意。澄んだ灰汁と若葉の取り合わせが的確で初夏らしい新鮮さが感じられる。

萍《うきくさ》や花《はな》咲《さ》く迄《まで》のうき沈《しずみ》

季語の「萍」はウキクサ科の多年草。水面に浮かんで生え、夏、白色の小花が咲く。萍は花を咲かせるまでにどれくらい浮き沈みを重ねることだろう、の意。それは萍に限らず人生もまた同様である。文化11（1814）年の作で、この夏一茶は初めて結婚し、待望の家庭を持つことができた。この句は一茶自身を詠んだものかもしれない。

孑孑《ぼうふら》の拍子《ひょうし》をのぞく小《こ》てふ哉《かな》

「てふ（蝶）」は春。ここでは夏の蝶だろう。ボウフラは蚊の幼虫。池や桶などのよどんだ水中で、棒を振るような姿で浮き沈みを繰り返す。浮き沈みする動作に一定のリズムがあるのだろうか、桶のふちに止まった小さな蝶がその姿を興味深そうにのぞき込んでいる、という句。小動物同士の関係がユーモラスに描かれている。季語は「孑孑」で夏。

痩梅《やせうめ》のなりどしもなき我身哉《わがみかな》

梅は中国原産で、実は酸味が強い。青いうちに採って梅干しにしたり梅酒をつくる。「なりどし」は果実などがたくさん実る年。やせた梅の木に生り年がないように、自分もこれといった成果の上がった年がない、の意。44歳の作で俳人としても鳴かず飛ばず、弟との遺産交渉もうまくいかなかった。自らの不遇を痩梅に託して詠んだ。季語は「梅の実」。

時鳥《ほととぎす》待《まつ》ふりするぞはづかしき

「時鳥」はカッコウ科の小鳥で、腹は淡黄色で黒い斑がある。初夏に南方から渡って来て山野で鳴く。古来風流人は雪月花とともに時鳥の声を珍重し、その声を聞くことは重要とされていた。この作品にはそうしたありきたりな風流に対する一茶の反発心があり、時鳥の声を待つふりをする自分自身の態度を恥ずかしく思っている。50歳の作。

よしきりや四五寸程《しごすんほど》なつくば山《さん》

「よしきり」はヨシキリ科の小鳥で晩春に南方から渡来、アシの中にすむ。「四五寸」は約12〜15センチ。「つくば(筑波)山」は茨城県のつくば市、桜川市などの境にある山。この句には遠近法が用いられている。利根川の辺りの情景であろう。河畔ではしきりによしきりが鳴いている。平野のずっと彼方に小さく筑波山が見える、の意。

乙鳥《つばくろ》や子《こ》につかはるゝ《る》五月雨《さつきあめ》

季語は「五月雨」。「乙鳥（燕）」は春の季語。燕は春に南方からやってきて軒先などに巣を営み、子を育てる。ちょうど五月雨の頃が子育ての最中になろう。長雨の降る中、毎日何回となく巣を出て子のために働く親燕。その姿を一茶は「子につかはるゝ」（使われる）と表現する。親燕への同情である。親子関係に敏感だった一茶ならではの作品。

八兵衛《はちべえ》や泣《なか》ざなるまい虎《とら》が雨《あめ》

「泊り屋の飯盛遊女を関東の諺に称して八兵衛という…」（関東では宿屋で給仕や売春をする女を八兵衛といった）という前書きがある。「虎が雨」は陰暦5月28日に降る雨。この日曽我十郎が討たれたので、愛人の遊女虎御前の涙が雨になって降ったと伝わる。虎御前と同じ立場の八兵衛も、虎が雨には泣かざるをえまい、の意。

入梅晴《つゆばれ》や二軒並《にけんなら》んで煤《すす》はらひ

季語は「入梅晴」。現在は、梅雨の期間が終わって晴れることをいうが、本来は梅雨の間に一時晴れることを指した。梅雨が晴れたので次の雨が来ないうちに二軒同士で煤払いをした、の意。長雨の梅雨はいろいろなものにカビが生える。それを拭き取ったり部屋を開けて煤を払ったりしたのであろう。信州帰住中の作で、この二軒は弥兵衛と一茶か。

七月

卯《う》の花《はな》の垣根《かきね》に犬《いぬ》の産屋《うぶや》哉《かな》

季語は「卯の花」または「卯の花垣」。卯の花はウツギの別称で、初夏にツリガネ状の白い花が咲く。また生け垣に用いることが多いので「卯の花垣」という季語も生まれた。「産屋」は出産のために新たに設けた家。この句の犬は飼犬か野良犬かよく分からないが、産屋は犬自身が作ったものであろう。白い花に囲まれた産屋は美しく、愛らしい。

一不二《いちふじ》の晴《は》れて立《たち》けり初茄子《はつなすび》

初めて収穫した茄子を「初茄子」という。初物は縁起がよいとされ、まず神仏にお供えした。「一不二（富士）」はめでたい夢の順序を並べた「一富士、二鷹、三茄子」の最初。晴天に、めでたい夢の最初である「一富士」がすっくりと立っている。裾野の畑では初茄子が収穫された、の意。めでた尽くしの語を並べた句で、すっきりして調子がよい。

しほらしや蛇《へび》も浮世《うきよ》を捨衣《すてごろも》

「蛇衣を脱ぐ」が季語で、蛇が脱皮すること。年1回とされて夏の季語だが、実際は年に5、6回も脱皮する蛇もいて、そのたび体は大きくなる。「しほらし」は控えめでおとなしいこと。しおらしいことだ、怖い蛇も今まで着ていた衣を捨て（脱皮して）この世を捨てるということだ、の意。「捨衣」は浮世を捨てるのと衣を捨てるの両方に掛けている。

卯《う》（の）花《はな》や臼《うす》の目《め》きりと鶯《うぐいす》と

季語は「卯の花」（夏）「鶯」（春）。卯の花はユキノシタ科の落葉低木。初夏にツリガネ状の白い花が咲く。「臼」は石製のひき臼。「目きり」はすりへった臼の磨り面の凹凸をノミで刻み直すこと。ここではその職人。卯の花が咲く屋外で臼の目切りがコツコツと仕事を続けている。折から鶯の鳴き声が聞こえてきた、の意。のどかな農村の風景。

此雨《このあめ》の降《ふる》にどつちへでいろ哉《かな》

この句には「里俗かたつむりをでいろといふ」という前書きがある。里俗は田舎のならわしか。一茶は方言でよく句を作っているが、この作品もその一つ。この雨の降る中、かたつむりはどっちに出るというのか、の意。「でいろ」に「出る」を掛けている。季語は「かたつむり」。マイマイ目の軟体の陸生貝。殻に入り、頭に2対の触角がある。

初瓜《はつうり》を引《ひっ》とらまへて寝《ね》た子《こ》哉《かな》

季語は「初瓜」。この瓜は真桑瓜であろう。ウリ科の一年生つる植物。実は長円形で上品な甘味がある。「ひっとらまへて」の「ひっ」は強めの接頭語でしっかりとらえる、の意。この作品は「おらが春」に収めているので長女さとの姿を詠んだものであろう。さとが初物の真桑瓜で遊んでいたが、その瓜をしっかり握ったまま寝てしまった、の意。

米国《こめぐに》の上々吉《じょうじょうきち》の暑《あつ》さかな

「米国」は米を主食とし、租税の中心とする国、つまり日本を指している。「上々吉」は最高によいことをいう。江戸時代の「役者評判記」（歌舞伎役者の演技の評価を記した本）に用いた言葉で最高位を示した。また夏の暑さは米の豊作をもたらすものと考えられていた。米を中心とする日本にとってこの暑さは最高である、の意。季語は「暑さ」。

大兵《だいひょう》の使也《つかいなり》けりはつ茄子《なすび》

季語は「はつ茄子」。初物は縁起がよいとされ、神仏や地位の高い人に献上した。「大兵」は体が大きい人。おそらくこの大兵は武家であろう。大兵の武家が使者となって殿様に初茄子を献上した、の意。重大な公事ならともかく大兵の武家がものものしく茄子を持ってきたところに、この句のおかしみがある。

短夜《みじかよ》や吉原駕《よしわらかご》のちうをとぶ

春分から昼が長くなり、夏至に至り夜が最も短くなる。「吉原駕（籠）」は江戸吉原の遊郭へ通う客を乗せて往来した町駕籠。「ちう」は宙。空中の意。吉原は不夜城（照明で夜も明るく賑やかな場所）だが、夏の短夜は一刻も惜しまれる。そこで吉原へ通う駕籠は空を舞うようにしてとんで行く、の意。江戸の風俗を詠んだ作品。季語は「短夜」。

大《だい》の字《じ》にふんばたがりて清水《しみず》哉《かな》

季語は「清水」。地下からわき出る澄んだ水。「ふんばたがる」は「ふみはだかる」の変化した語で、足を広げて立つ、足を踏ん張って構えて立つこと。ここでは地面からわく清水なので、大地に四つんばいになるように見えるという意だろう。清水がたまる場所がなければ、そうなるより仕方がないが、大地と人間が対峙しているようで面白い情景だ。

辛崎《からざき》は昼《ひる》も一入《ひとしお》夏《なつ》の雨《あめ》

「辛崎」は滋賀県大津市北部の景勝地。琵琶湖の西岸にあり「唐崎の夜雨」は近江八景の一つ。また一ツ松、唐崎神社でも知られる。「一入」は、いっそうの意。辛崎は夜の雨で知られているが、昼に降る夏の雨もまたいちだんとすばらしい、の意。一茶は若いころ大津市周辺を歩いていて、その体験を後日まとめた作品。季語は「夏の雨」。

行《ゆき》なりにけふも暮《くれ》けり細蚊《ほそか》やり

季語は「蚊やり」。蚊を追うために杉の葉や木くずなどを焚いていぶすこと。「行なり」は、言動をなりゆきに任せること、なげやりなこと。今日もなりゆき任せで1日が終わってしまった。1人細い蚊やり火を焚いて自己嫌悪に陥っている、の意。文化6（1809）年、江戸で貧窮に苦しんでいた頃の作で「細蚊やり」が無力感を強調している。

御侍《みさぶらい》団（扇）《うちわ》と申《もう》せ東山《ひがひやま》

この句には作者不明の古歌「みさぶらひ御笠と申せ宮城野の木の下露は雨にまされり」（お供の者よ、主人にお笠をと申し上げよ。宮城野の木から落ちる露は雨よりひどいものだから）を踏まえている。「東山」は京都市の鴨川の東の山地。お供の者よ、主人に団扇をお使い下さいと申し上げよ。ここ東山は暑い所です、の意。季語は「団扇」。

遠水鶏小菅の御門しまりけり

遠水鶏《とおくいな》小菅《こすげ》の御門《ごもん》しまりけり

季語は「水鶏」。クイナ科の水鳥。鳴き声が戸を叩くように聞こえるので「水鶏たたく」という。「小菅の御門」は東京都葛飾区小菅にあった代官伊奈家の下屋敷の門。将軍が鷹狩りや鹿狩りなどの折、食事をする御膳所として使った。夕刻になり小菅御殿の門が閉められた。ちょうど遠くより水鶏の鳴く声が聞こえる、の意。写生的な叙景句。

さらし井の祝ひ出たり水の月

さらし井《い》の祝《いわ》ひ出《いで》たり水《みず》の月《つき》

夏行われる井戸替えのことを「さらし井」という。底にたまったごみなどをさらい水をきれいにする。終わると酒を供えて水神を祭った。この句はその祭礼の情景を詠んでいる。井戸替えの祭りをしていると、それを祝福するかのように井戸の水に空の月が映し出された、の意。「水の月」が清浄で涼やかな様子を伝えている。晩年の作品。

待《まっ》て居《い》ル妻子《さいし》もないか通《とお》し鴨《がも》

季語は「通し鴨」。鴨は渡り鳥で、春北方へ帰る。ただマガモの一部が高地などに夏も残る。これを通し鴨と呼ぶ。この句は通し鴨がいつまでもとどまっているのは故郷に待っている妻子がないからか、と呼びかけたもの。死の2年前の作で最初の妻きくや子供たちを相次いで失い、一茶は再び独身になっていた。孤独感を通し鴨と分かちあった作品。

塔《とう》ばかり見《み》へて東寺《とうじ》は夏木立《なつこだち》

夏に茂っている木々を「夏木立」という。「見へ」は正しくは「見え」。「東寺」は京都市南区九条町にある真言宗の寺。五重塔は寛永21（1644）年、徳川家光が再建したもので、高さ約55メートル、わが国第一の高塔である。塔ばかりが見えて東寺そのものは夏木立の中に隠れている、という句。遠くからの景色を客観的に写生した作品。

身《み》一《ひと》ツをひたと苦《く》になる暑哉《あつさかな》

季語は「暑（さ）」。この句の場合心理的な暑さを意味している。「身一ツ」は独身。「ひたと」はむやみに。この作品は晩年の60歳のもので、この時妻との間に金三郎という三男がいた。独身ではなかったのである。しかし一茶は独身時代が長く52歳で結婚している。一茶は自分が長く独身であったことを生涯苦にして生きた人であった。

堂守《どうも》りが茶菓子《ちゃがし》売《うる》也《なり》木下闇《こしたやみ》

木々が茂って日差しをさえぎり、木の下がうす暗い状態を「木下闇」という。「堂守り」は神仏を祭るお堂の番人。多くの木が茂った広いお堂の境内であろう。涼しげな木の下で堂守りが茶菓子を売っている。茶菓子を売るのは、近くに茶を飲む涼み客がいるからだが、堂守りの俗事を気にしないのんきな人柄も想像されておもしろい。

田《た》の人《ひと》を心《こころ》でおがむ昼寝《ひるね》哉《かな》

「おがむ」は正しくは「をがむ」と書いた。暑い中、田に出て働いている農民がいる。しかし自分は家の中で昼寝をしている。一茶も少しぐらいは農作業をしたのだろうが、この頃（58歳）は小作人任せだった。自身は農民とはいえないが、農民を尊敬し、心情はよく理解していた。昼寝をしつつも心の中では働く農民に手を合わせていたのである。

仇《あだ》し野《の》は人《ひと》ごとにして夕涼《ゆうすずみ》

季語は「夕涼」。夏の夕方外に出て涼むこと。「仇し野」は墓地。自分が死んで墓地に葬られることは予想もしないで、人々は夕涼みの一瞬を楽しんでいる、の意。人生の無常を戒めた作品。人間はいつか死ぬことは分かっているが、老いたり病気になったりしなければ死を自覚することはない。人生のはかなさに目覚めよ、と一茶は警告している。

蚊《か》いぶしもなぐさみになるひとり哉《かな》

蚊を追いはらうために杉の葉やよもぎの葉、木くずなどを焚いていぶすことを「蚊いぶし」といい、これが季語。今では蚊取線香を使う。「なぐさみ」は心を楽しませること。一茶が故郷に定住した文化10（1813）年の作品で、まだ結婚していない。蚊いぶしを焚くことが、孤独な一人者にとって心を楽しませることになるという淋しい句。

蟾《ひき》どの丶《の》妻《つま》や待《まつ》らん子《こ》鳴《なく》らん

この句は山上憶良《おくら》の「憶良らは今は罷《まか》らむ子泣くらむそを負ふ母も吾《わ》を待つらむそ」（憶良は失礼して帰りましょう。家では子どもが泣いていましょう。その子を背負った母も私を待っておりましょう）を踏まえている。蟾はいつまでも動かないが家では妻が待ち、子も鳴いていることだろう、早くお帰り、の意。季語は「蟾」。ヒキガエルのこと。

水風呂《すいぶろ》へ流《なが》し込《こん》だる清水《しみず》哉《かな》

「戸隠山」の前書きがある。戸隠山は長野市の戸隠にある山だが、別の本には「戸隠山院内」と前書きがあるから、江戸時代の戸隠三院（奥社、中社、宝光社）の宿坊を指すのだろう。「水風呂」は桶の下に焚き口があり水をわかす風呂。山清水を竹桶に受けて熱めの風呂に流し込んだ情景。場所柄、清涼感を感じる。季語は「清水」。

涼《すず》まんと出《いづ》れば下《した》に〱《したに》哉《かな》

季語は「涼み」。暑い夏の日差しをさけて涼をとること。「下に〱」は、大名行列の先払い（大名が通る際、前方にいる人々を追い払うこと）の声である。涼もうと思って家から出ると、ちょうど大名行列が近づき、涼むことができなかった、の意。庶民派の一茶は大名、武士などの権力者を嫌った。この句も権力者批判の色あいが濃い。

暑《あつ》き日《ひ》や胸《むね》につかへる臼井山《うすいやま》

「坂本泊」の前書きがある。坂本は群馬県安中市坂本。「臼井山」は碓氷山。坂本と長野県軽井沢町の間にある碓氷峠。「胸につかへる」は、ふつう食べすぎなどで胸がつまり苦しくなることをいう。碓氷峠は非常に険しい峠で知られる。夏、坂本に泊まったが、明日暑い中で碓氷山を越すことを考えると胸がつまり苦しくなる、の意。

父《ちち》ありて明《あけ》ぼの見《み》たし青田原《あおたはら》

「青田」は稲の青々とした夏の田。死の床にあった一茶の父は、一茶のために遺言状を書き、家・屋敷と田畑の半分を譲ることを約束する。この句は父の初七日に詠んだもので、門口に立って青田を眺めていると父のことが思い出される。今は亡き父と一緒にこのあけぼのの青田原を眺めたらどんなにかよい気持ちだろうに、の意。

井《い》の底《そこ》もすっぱりかはく月《つき》よ哉《かな》

季語は「さらし井」。井戸の底にたまったごみをさらい、水をきれいにすること。「かはく」は「かわ（乾）く」。「すっぱり」は気分などに滞るところがなく、きれいさっぱりとすること。井戸替えも終わり井戸の底もさっぱりと乾いた。月光が底の隅々まで明るく照らしている。「すっぱり」という擬態語が一句にさわやかさをもたらした。

つくねんと愚《ぐ》を守《まも》る也引《なりひき》がへる

季語の「引がへる」は大型のカエルで背にいぼ状の突起がある。「つくねんと」はぼんやりと座っている様子。「愚を守る」は知性（思考、判断の能力）の働きを表に出さない態度でいること。また愚かを装うこと。ヒキガエルはぼんやり座りながら愚かを装っている、の意。鈍重そうに見えるカエルを、ひっそりと住む隠者の姿に見立てている。

貧《ひん》すればどんな門《かど》でも夕涼《ゆうすずみ》

「夕涼」は夏の夕方外に出て涼むことで季語。この句には「貧すれば鈍する」（貧乏になると賢い人も愚かなことをする）という諺が使われている。「どん」の部分は掛詞になっていて「鈍」と「どんな」が掛けられている。貧乏をすると賢い人も愚かになり、どのような家の入り口でも夕涼みをしてしまう、の意。諺、掛詞を併用した技巧的な作品。

八月

あまり花人《ばなひと》の墓《はか》へも参《まい》りけり

俳句では特にお盆近くに行う墓参を「墓参り」という。墓の周囲を清掃し、墓碑を洗い香花をたむける。たくさんの花を持ってきたのだろう。自分の家の墓だけでは供えきれず他人の墓にも供え、お参りをした、の意。一茶の家の墓は信濃町柏原の小丸山という所にある。共同墓地のほぼ中央に位置し、親戚との合葬墓である。

寝《ね》て涼《すず》む月《つき》や未来《みらい》がおそろしき

「蒔かずして喰《くい》、織らずして着《きる》ていたらく今迄罰の当らぬも不思議なり」という前書きがある。「ていたらく」は自嘲を含んだ語で、ありさま。「未来」は仏教でいう来世のこと。自分は安楽に寝ながら月を見て涼んでいるが、こんなことをしていてよいのだろうか、来世にどんな罰をあてられるか、おそろしいことだ、の意。季語は「夜涼み」。

昼顔《ひるがお》やぽつぽと燃《もえ》る石《いし》ころへ

季語は「昼顔」。ヒルガオ科の多年草。夏の昼、淡紅色の朝顔に似た花が咲く。「浅間山」の前書きがある。この句は噴火口に近い辺りの情景。火口ではいま噴き出したような焼石がゴロゴロしているが、その焼石に昼顔がつるを伸ばし、這い寄っている。昼顔の何とたくましいことよ、の意。朝顔とは異なる昼顔の生命力を力強く詠んでいる。

夏《なつ》の夜《よ》に風呂敷《ふろしき》かぶる旅寝《たびね》哉《かな》

寛政4（1792）年、一茶は俳諧修行のため西国地方へ出立した。同門や派の異なる俳人を訪ねて実力を上げるための旅。この作品はその出立の年、近畿地方を巡った折の体験で、泊まる所もなく野宿をしている。風呂敷をかぶるのは藪蚊などを防ぐためである。このような苦労が、後に一茶を俳人として大成させるのである。季語は「夏の夜」。

人来《ひとき》たら蛙《かえる》になれよ冷《ひや》し瓜《うり》

この瓜は甘味のある真桑瓜（ウリ科の一年生つる植物）だろう。季語は「冷し瓜」。冷して食べると美味。冷し瓜よ、もし人が訪ねてきたら蛙に変身してしまえ、という句。瓜から蛙の変化は奇抜で分かりにくいが、真桑瓜の縞模様がトノサマガエルの背に似ているからか。ユーモアのある句だが作者の孤独感も感じられる。文化10（1813）年の作。

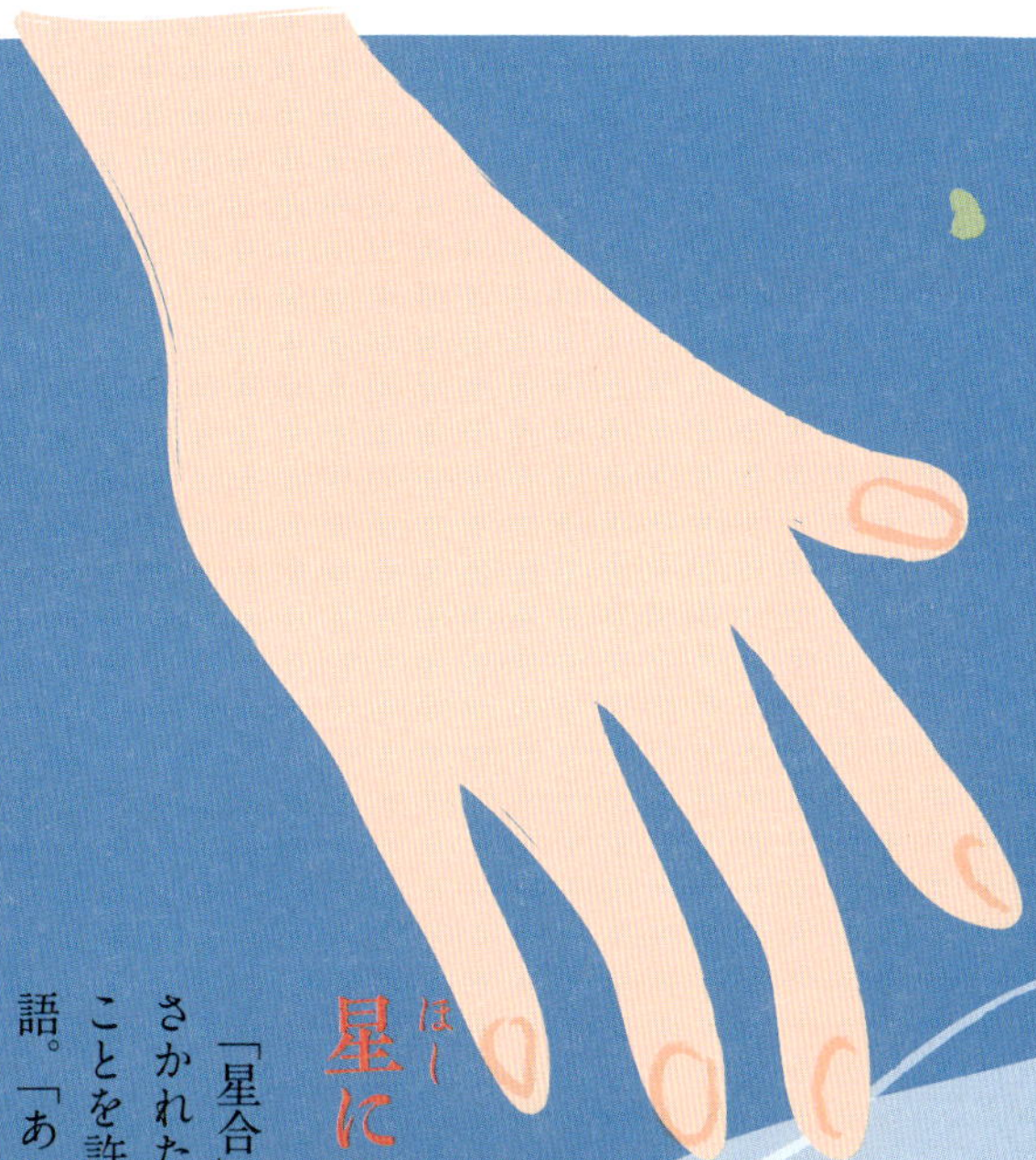

河《かわ》べりの冷汁《ひやじる》すみて月夜哉《つきよかな》

季語は「冷汁」。夏に味噌汁や澄まし汁（塩、しょうゆで薄めに味をつけた吸い物）などを器ごと水に浸して冷やしたもの。この句は、水のきれいな川で冷汁を冷やし、夕食を食べようとしているのだろう。お椀に入れた冷汁（この場合澄まし汁か）をのぞいたら、月が映っていたという。澄んだ冷汁と月夜が夏の夜を涼しげに演出している。

星《ほし》にさへあいべつりくはありにけり

「星合」は、仕事を怠けた罰として天帝に牽牛星との仲をさかれた織女星が、7月7日の夜だけ天の川を渡って会うことを許されるという中国の七夕伝説のことで、これが季語。「あいべつりく」は愛別離苦と書き、愛する肉親や親しい人と別れる苦しみ。最初の妻きくを失った折の句で、星でさえ親しい星と別れる苦しみがあるのだから人間ならなおさらだ、の意。

貧乏《びんぼう》は貧乏《びんぼう》にして生身玉《いきみたま》

季語は「生身玉」。正しくは「生身魂」。陰暦7月8日から13日の間の吉日を選び、子どもが父母に物を贈ったりして長命を願う行事。先祖の霊をまつる盂蘭盆に対して、生き盆とも呼ぶ。自分は貧乏な身だが、それはそれとして老いた親のために分相応の生身魂を行う、の意。貧富の差にかかわらず孝行をすることは、その真心において美しい。

満月《まんげつ》に暑《あつ》さのさめぬ畳《たたみ》哉《かな》

「満月」は地球が月と太陽の間にあり、丸い月の全面が輝いて見える状態。この満月はおそらく赤くてらてらと輝いていると思われる。日中の暑さのために気温が上がり畳まで熱い。ようやく夜に入り満月が昇ったが室温は下がらず畳の熱も以前のままだ、の意。想像しただけでも暑苦しいが、赤い満月が辺りの暑さをさらに強調している。

夜涼《よすず》みや大僧正《だいそうじょう》のおどけ口《ぐち》

季語は「夜涼み」。夜、外に出て涼をとること。「大僧正」は僧の官位の最高位で、僧を取り締まる職。「おどけ口」はふざけた口のきき方。寺などで夜涼みをしていると偉い大僧正も加わった。大僧正は酒を飲んでいるのか冗談を言って人を笑わせたりしている。立場と言動の間に違和感があり、傍らの人はかすかな不快感を感じている。皮肉の句。

夕立《ゆうだち》や登城《とじょう》の名主《なぬし》組《くみ》がしら

「登城」は主君のいる城に参上すること。「名主」は江戸時代に郡代や代官の支配のもとに村の政治を行った人。「組がしら（頭）」は名主に次ぐ役。この句は雨乞いの後の様子を述べたものだろう。雨乞いの祈願が通じ、ようやく夕立が降った。名主、組頭がその報告に登城した、という句。大げさな形式主義をからかった作品か。季語は「夕立」。

せがき棚《だな》と知《しっ》て来《き》にけん鳩雀《はとすずめ》

季語は「せがき（施餓鬼）」。お盆またはその前後の日に、寺で行う無縁仏のための供養をいう。「せがき棚」は、その時に設ける供養の棚のこと。5色の紙の旗（幡）を立て、飯、水などを供える。施餓鬼棚に鳩や雀がやってきた。鳩や雀はそれが施餓鬼棚であると知っているからであろう。誰も彼らを追い払おうとはしない、の意。

迎《むか》へ火《び》と見《み》かけて降《ふ》るか山《やま》の雨《あめ》

陰暦7月13日の夕方、門前に麻がらなどを焚いて亡き人の霊を迎える「迎へ火」が季語。地域によっては墓の前で焚き火をし、その火を持ち帰り魂棚に供える所もある。この句は後者か。墓前で迎え火を焚いた。折から山の雨がそれを迎え火と知ったかのように火に降り注いだ、の意。雨を生き物のように描いていて、臨場感がある。

聖霊《しょうりょう》（に）とられてしまふ寝所《ねどこ》哉《かな》

季語は「魂棚」。お盆の時、先祖の霊魂を迎えて安置するための棚で位牌のほか飲食物、果物などを供える。「聖霊」は、死者の霊魂。部屋に魂棚を設けたら、夜自分の床を敷く場所がなくなってしまった。これでは寝床を聖霊にとられたのも同然だ、の意。文化９（１８１２）年江戸在住中の作でその貧窮生活をユーモアと哀愁を交えて描いている。

寒《さむ》い程草葉《ほどくさは》ぬらして灯籠《とうろ》哉《かな》

お盆に、あの世から還ってくる精霊（死者の魂）を迎えるためにともす灯籠。家の中だけでなく、軒端につるしたりした。ここでは軒端の灯籠だろう。灯籠の光が辺りの草葉を照らしているが、その光は草葉の緑を際立たせ、ぞっとするほど寒々しく見える、の意。「寒い程草葉ぬらして」が涼やかな灯籠の光を強調している。季語は「灯籠」。

送《おく》り火《び》やばたりと消《きえ》てなつかしき

「送り火」は、うら盆会の最終日に祖先の霊を送るために門前で麻がらをたく火をいう。勢いよく燃えていた送り火が急にバタリと消えてしまった。火が消えるやいなや、亡くなってしまった人たちのことが急に懐かしく思い出された、の意。思い出す故人は、一茶にとって父や祖母だろう。「ばたり」がその場の臨場感を巧みに伝えている。

大文字《だいもじ》のがっくりぎへや東山《ひがしやま》

季語は「大文字」。陰暦7月16日の夜、京都東山の如意ケ岳で行われる送り火。山の中腹に「大」の字形に薪を積んで火床を組み一斉に点火する。「大」の第1画が80メートルもある。「ぎへ」は「ぎえ」が正しい。勢いよく燃えさかっていた大文字の火が、最後はあっけなく消えてしまった、の意。若いころの体験を回想した作品。

門《かど》の木《き》も先《まず》つゝ《つ》がなし夕涼《ゆうすずみ》

寛政3（1791）年、15年ぶりに故郷に帰った時の作品。季語は「夕涼」。夏の夕方外に出て涼むこと。「門」は家の入り口。「つゝがなし」は無事。子どもの頃から見慣れていた家の入り口の木も昔と変わりがない。その木の下で夕涼みをして、帰郷の喜びをかみしめたことだ、の意。芭蕉の「先づ頼む椎の木も有り夏木立」などを参考にした作か。

まかり出《いで》たるは此薮《このやぶ》の蟾《ひき》にて候《そうろう》

季語は「蟾」。ヒキガエル。「まかり出」は参上する。ここに参上いたしましたのは、このやぶに住んでいる蟾でございます、の意。「候」は能や狂言によく使われる言葉で、この句も狂言を模している。一茶の尊敬した元禄時代の俳人榎本其角（芭蕉門人）に「蔦にまかり出たよ引蟾《ひきがえる》」という作品があり、一茶もこの作品を参考にしている。

かはほりの植木《うえき》せゝりや夕薬師《ゆうやくし》

「かはほり」は蝙蝠《こうもり》のことで季語。前足の指と体の側面の間に翼状の膜があり空中を飛ぶ哺乳動物。「せせ（る）」はからかうこと。ここでは薬師堂の境内の植木市をからかっている。「夕薬師」は薬師如来の縁日に当たる8日の夕方参詣すること。夕方薬師に参詣すると蝙蝠が植木市の植木をからかうようにヒラヒラと飛んでいた、の意。

子持鵜《こもちう》にうかひが妻《つま》の馳走哉《ちそうかな》

「うかひ（鵜飼）」は野生の鵜を飼いならし、鮎などをとらせる漁法。岐阜県の長良川などで5月11日から10月中旬まで行われる。季語は「うかひ」。この句は、子を持っている鵜には、鵜飼の妻が同情して特別に魚をごちそうしている、の意。子を持つ者は、人間に限らず他の動物に対しても、親子に特別の愛情を抱く。そんな女性の感情を細やかに描いた作品。

買水《かいみず》を皆竹《みなたけ》に打《うつ》ゆふべ哉《かな》

季語は「打水」。砂やほこりを鎮め、涼しさを呼ぶために庭などに水をまくこと。「江戸住や銭出た水をやたら打つ」とも詠むように、江戸は水質が悪く、水を水屋から買っている所もあった。一句は銭を出して買った水のすべてを夕方、庭の竹に打ち掛けてしまった、の意。風流のために金を惜しまない江戸っ子のふるまいを詠む。

孝経《こうきょう》を引《ひっ》かぶりたる昼寝《ひるね》哉《かな》

「孝経」は十三経の一つに数えられる中国の儒教の経典。孔子と門人曽子の会話の形で「孝」のありかたを説いている。「昼寝」が季語で、午睡ともいう。この句は、蝿や日差しを避けるために「孝経」を顔にのせて昼寝をしている、の意。孝の道を学ぶ者がその道に背いて昼寝をしている姿を滑稽に、風刺的に描いた句。やや川柳風な作品である。

此入《このいり》は西行庵《さいぎょうあん》か苔清水《こけしみず》

「入」は引っ込んだ奥の所。「西行」は平安後期の歌僧。季語は「苔清水」。苔の間を伝わり流れる清らかな水。この庵は苔清水から考えて奈良県の吉野山の奥にある西行庵であろう。苔清水は「とくとくの清水」と呼ばれている。この奥は西行の住んだ庵か、苔清水が湧き出している、の意。この句は、晩年の作だが、一茶は若い頃ここを訪れている。

下陰《したかげ》を捜《さが》してよぶや親《おや》の馬《うま》

季語は「木下陰」。樹木の幹や枝葉の陰になっているところ。日がさえぎられて涼しい。放牧場の母子馬の姿だろう。母馬が涼しい木下陰をさがして、わが子を呼んでいる、の意。母馬の愛情が細やかに描かれている。それは生母に早く死に別れ、継母にいじめられた自らの体験から来るものである。温かい母性愛を求める一茶の本音の表れた作品。

鴉《かささぎ》の声《こえ》のみ青《あお》し夏木立《なつこだち》

「鴉」は「鵲」の誤り。鵲は朝鮮烏ともいわれるカラス科の鳥。日本では北九州に多く、カチカチと鳴く。季語は「夏木立」で、夏に茂っている木々。夏木立の中、鵲が鳴いている。その声は他の音と異なり、ひときわ青々と聞こえる、の意。この句は松尾芭蕉の「海くれて鴨のこゑほのかに白し」に学んだものだろう。聴覚を視覚で表現していて斬新だ。

いざいなん江戸《えど》は涼《すず》みもむつかしき

「いざ」は人を誘ったり意気込んで事を始めようとする時に用いる。「い（往）なん」は去ってしまおう。「いざいなん」は中国の詩人陶淵明《とうのえんめい》の「帰去来辞」の一節「帰りなんいざ」をもじったもの。文化9（1812）年夏の作で一茶はこれを機に30年近い江戸生活を終えた。季語は「涼み」。戸外、水辺などで涼しい空気にあたり暑さをさますこと。

古郷《ふるさと》やちさいがおれが夏木立《なつこだち》

「遠望」の前書きがある。遠くからわが故郷を望むと小さいながら夏木立が見える。あれがこの俺の夏木立だ、の意。文化11（1814）年の作品で、この年一茶は2月に生家の半分を得、4月には結婚している。ようやくわが家を得たわけだが、その喜びが「おれが夏木立」によく表れている。季語は「夏木立」。

独寝《ひとりね》や上見《うえみ》ぬわしの夕涼《ゆうすずみ》

「上見ぬわし（鷲）」は「上見ぬ鷹」ともいい、一切を恐れず、誰にも遠慮しないような人や態度をいう。一茶は「鷲」をわたしの意の「わし」に掛けている。自分は一人横になりながら誰にも遠慮しないで夕涼みを楽しんでいる、の意。一茶54歳の句。「上見ぬわし」が当時の心境をよく表している。季語は「夕涼」。

やけ土《つち》のほかり〳〵《ほかり》や蚤《のみ》さはぐ

季語は「蚤」。ノミ科の昆虫。体は平たく赤茶色。人畜の血を吸う。「さはぐ」は「さわぐ」が正しい。「土蔵住居して」の前書きがある。文政10（1827）年閏6月1日の大火で一茶の家も土蔵を残して全焼した。焼け跡の土はさめずにほかりほかりとまだ熱を帯びている。夜になると土蔵の中にも蚤が集まり、自分の寝る邪魔をする、の意。

月《つき》かげや夜《よる》も水売《みずう》る日本橋《にほんばし》

「水売」は冷水売ともいい、季語。夏の暑い日、冷水に白砂糖と白玉だんごを入れたものを売り歩いた。「月かげ」は月光。「日本橋」は東京都中央区の北部。日本橋川にかかる橋。そこは、人通りが絶えず、夜になっても水売が月光の下で店を開いている、の意。江戸を代表する繁華街、日本橋の風俗が涼やかに描かれている。

九月

秋立《あきたつ》や峰《みね》の小雀《こがら》の門《かど》なるゝ《る》

季語は「秋立」「小雀」。小雀はシジュウカラ科の小鳥で、シジュウカラより少し体が小さい。ピピーピピーとやわらかい声でさえずる。「門」は家の入り口。「なるゝ」は馴れる。秋となって今まで山に住んでいた小雀が里へ下り、家の入り口辺りで遊ぶことが多くなった。季節の変化とともにすみかを変える小雀の様子が描かれている。

薮越《やぶごし》や御書《おふみ》の声《こえ》も秋来《あきき》ぬと

「御書」は、浄土真宗の蓮如上人が教義を分かりやすく説いた手紙を編集したもので、信者によく読まれた。「御文章」「御文」と書く。薮の向こうの家から「御文章」を読む声が聞こえてくる。それを聞いていると、爽やかな秋がやって来たことを実感する、の意。寛政8（1796）年、四国を巡っていた時の体験を句にした。季語は「秋来ぬ」。

秋立《あきたつ》や風《かぜ》より先《さき》に雪《ゆき》の事《こと》

暑い夏が終わり、いよいよ秋になった。自分は秋風のことよりもまず第一に雪のことが心配になる、の意。季語は「秋立」で季節が秋になること。句を作った時は、江戸在住中の文化5（1808）年である。豪雪地で生まれた一茶は江戸に住んでいても雪国人の感覚が抜けず、立秋になるや、まず冬の雪が心配になってしまうのだった。

けさ秋《あき》ぞ秋《あき》ぞと大《だい》の男《おとこ》哉《かな》

季語は「けさ秋」。けさ立秋になった、ということ。「大の」は大きな、一人前の。けさ秋が立ったぞ、いよいよ秋だぞと一人前の男が大声で力んでいる、の意。この男は俳人など風流人であろう。普通の人は立秋になっても殊更大騒ぎしないが風流人は大げさにもったいをつけて言う。そこが一般的な風流を否定する一茶には気にいらないのである。

日《ひ》ぐらしや我影法師《わがかげぼうし》のあみだ笠《がさ》

「あみだ笠」は笠を少し仰むけにして内側の骨が阿弥陀仏の光背のようにかぶること。ひぐらしの鳴く中、旅を続けていると地に映った影が阿弥陀笠になり、自分が阿弥陀仏になった気持ちになる、の意。若い頃西国を巡った時の句で、俳諧歌「追風や後ろめたくも阿みだ笠おのづと西へ吹れ行也」の原案。季語は「日ぐらし」。カナカナゼミのこと。

友《とも》もへり暑《あつさ》もへるや門《かど》の月《つき》

「門」は家の入り口。暑さは老人が好きなものとして、一茶は「老の身は暑のへるも苦労哉」とも詠んでいる。親友もなくなり、好きな暑さも次第に減っていく。家の入り口にははや秋の月が輝きだした、という句。季語は「残暑」。秋まで残る暑さをいう。文政4（1821）年、59歳の作品。晩年の心細い心境が詠まれている。

も一《ひと》つは隣《となり》の分《ぶん》ぞゆみそ釜《がま》

季語は「ゆみそ（柚味噌）釜」。ゆべしのこと。柚の実の上部を切って中身をくりぬきゴマなどを混ぜた味噌を詰めて蒸したもの。「隣」は弟弥兵衛のこと。ゆべしを二つ作った。残る一つは弟にあげる分だ、の意。文化13（1816）年の作品で、一茶は3年前に実家を分割している。かつて争った2人だが、今はゆべしを分けあう仲になっている。

負《まけ》てから大名《だいみょう》の菊《きく》としられけり

人々が左右に分かれ、双方から菊の花を出し、歌などをつけて優劣を競う遊びを「菊合わせ」といい、秋の季語。菊合わせに負けた菊、後で分かったことは何と大名の所蔵品であった、の意。大名の面目はまるつぶれである。一茶は菊合わせの句をたくさん詠んでいるが、中には「うるさしや菊の上にも負かちは」という句もあり、菊合わせを嫌っている。

人《ひと》の為《ため》にのみ作《つく》りしよ菊《きく》の花《はな》

秋になると神社の境内などでよく菊花展が催される。菊の花を展示するだけではなく、優れた花にはさまざまな賞が与えられる。賞はもらった方がよいが、中には賞のみを目的とする人もいる。この句はそうした人を批判したものだ。他人にほめられたいことのみに心が動き、真に菊を愛さない人、それは菊に対する冒瀆である。季語は「菊の花」。

夕月《ゆうづき》や萩《はぎ》の上行《うえゆく》おとし水《みず》

季語は「夕月」「萩」「おとし水」と三つもある。「夕月」は夕方に出ている月。陰暦で月初めの数日間に出る。「萩」はマメ科の多年草。秋に紅紫色、白色の小花をつける。「おとし水」は稲の刈り入れ前に畦の水口を切って水を落とすこと。田を乾かして稲を刈る。夕月の輝くころ、田の水を外へ流した。その水は萩を乗り越えて落ちて行く、の意。

木槿《むくげ》さくや親代々《おやだいだい》の細《ほそ》けぶり

「細けぶり」は貧乏な生活。木槿の花が咲くそばに小さな粗末な家がある。この家は先祖代々貧しい家だ、の意。季語は「木槿」。アオイ科の落葉低木。白、淡紅、淡紫色の花を1日だけ開く。地味な木槿の花はこの家を象徴している。そしてこの家の人も花のように清潔でつつましい人柄だろう。貧しくとも清潔に生きている人への一茶の共感。

秋《あき》の夜《よ》や旅《たび》の男《おとこ》の針仕事《はりしごと》

寛政5（1793）年西国旅行中の作。この年9月阿蘇山の句を残しているから熊本県での作品かもしれない。長い秋の夜、旅行中の男が1人針をとって着物の破れなどをつくろっている、の意。この男はおそらく一茶自身であろう。一茶はこの旅の後も52歳まで独身生活を続けた。7年に及ぶ西国旅行の生活ぶりが知られる作品。季語は「秋の夜」。

待《まつ》よひやまたぬ雨降《あめふ》るしなの山《やま》

季語は「待よひ（宵）」。翌日の十五夜の月を待つ意から陰暦8月14日の夜をいう。「しなの山」は月との関係から千曲市の月の名所姨捨山であろう。明日は8月15日、名月の夜である。14日の夜から姨捨山に来て月を待っているが、待つ月は出ず、待ちもしない雨が降ってきた、の意。待つ宵に待たぬ雨という語呂合わせが滑稽感を出している。

思《おも》ひなくて古郷《こきょう》の月《つき》を見度哉《みたきかな》

文化4（1807）年夏から秋にかけて父の七回忌の法要のため帰郷、弟と遺産交渉を行った折の感慨を詠んだもの。この句の「思ひ」は遺産分配問題である。遺産のことなど考えず、この澄んだ故郷の月を見たかった、の意。弟は一茶の要求を拒否し、交渉は進まなかった。ようやくこの問題が解決したのは6年後のことである。季語は「月」。

ほたへるや犬《いぬ》なき里《さと》の鹿《しか》の声《こえ》

「ほたへる」は正しくは「ほたえる」。甘える、つけあがること。この句には「鳥なき里の蝙蝠《こうもり》」（すぐれた人のいない所ではとるに足らぬ者が幅をきかせている）という諺《ことわざ》が利用されている。犬のいない里では鹿がわがもの顔にのさばり、人に甘え鳴きしている、の意。一茶は諺や故事、古歌などを利用して句を作ることが多い。季語は「鹿」。

蜻令《とんぼう》の赤《あか》いべゝ《べ》きたあれ見《み》さい

「葛西《かさい》風俗」の前書きがある。葛西は江戸時代は武蔵の国だった。現在の東京都葛飾区、江戸川区ほかの一部。江戸の近郊だが田舎と見られていた。「風俗」は風習。ここでは方言のこと。とんぼが赤い着物（べゝ）を着ている。あれを見ろ（見さい）、の意。一茶は方言に強い関心を持ち、よく句に取り入れた。季語は「蜻令（蛉）」。

山陰《やまかげ》や山伏《やまぶし》むらの唐《とう》がらし

「唐がらし」が季語。ナス科の一年草で果実は細長く熟すと赤くなる。香辛料として用いる。「山陰」は山にさえぎられて見えない所。「山伏」は真言宗・天台宗に基づき山中で修行し祈祷を行う人。山伏が唐がらしを栽培するのは「南蛮いぶし」（火の中に唐がらしを入れその煙に耐える修行法）があるからである。文政6（1823）年の作。

苦《く》の娑婆《しゃば》や虫《むし》(も)鈴《すず》ふるはたをゝ《る》る

季語は「鈴虫」「機織」。鈴虫はコオロギ科の昆虫。オスは羽をすり合わせてリーン、リーンと鈴をふるように鳴く。機織はキリギリスのこと。チョンギースと鳴く声が機を織っているように聞こえる。「娑婆」は人間世界。「ゝ（を）る」は「おる」が正しい。苦労の多い現世だ。人間のみならず虫までが鈴を振り機を織っている、の意。

鹿《しか》の声《こえ》こだま湖水《こすい》をかける哉《かな》

「こだま」は山などで反響して聞こえる音。ここでは鹿の声が反響している。鹿の鳴き声がこだまとなって湖水を駆け巡っている、の意。「かける」という動詞に詠嘆の語「哉」を重ねる語法は、先輩の加舎白雄《かやしらお》の特徴でもある。この句は寛政6（1794）年の作品で、この時期一茶はしきりにこの動詞プラス哉の語法を模倣している。季語は「鹿」。

夕《ゆう》日《ひ》影《かげ》町《まち》一《いっ》ぱいのとんぼ哉《かな》

季語は「とんぼ」。体は細長く胸に2対の細長い羽と3対の足を持つ。この句の場合赤とんぼであろう。「夕日影」は夕日の光のこと。夕日の光が赤々と町を照らし、日も暮れようとしている。どこからこんなに集まったか、赤とんぼが町の空いっぱいに飛んでいる。夕日と赤とんぼが調和し、明るい秋の景色を分かりやすく描いている。

蓑虫《みのむし》や花《はな》に下《さが》るは己《おの》が役《やく》

「蓑虫」は蓑蛾の幼虫で吐く糸で体の周りに木の枝や葉をつづり合わせ、円筒形の巣を作り枝などにぶら下がって住む。花はふつう桜を指すがここでは秋のさまざまな花。地味で目立たない蓑虫だが美しい花の下にぶら下がるのは自分の役だ、の意。日頃はみすぼらしい身なりをしていてもいざ出番となると堂々とその役を果たす蓑虫の姿を描く。「蓑虫」が季語。

一寸《いっすん》の草《くさ》にも五分《ごぶ》の花《はな》さきぬ

「一寸」は約3・03センチ、「五分」はその半分。季語は「草の花」で、野生の名も知れない秋草の花のこと。この句には「一寸の虫にも五分の魂」（小さく弱いものにもそれ相応の意地があるからあなどることができない）という諺《ことわざ》が使われている。わずか一寸の草にも五分の花が咲いた。小さい者、弱い者に特別愛情を注いだ一茶らしい作品。

みだ堂《どう》の土《つち》になる気《き》かきりぎりす《ぎり》

「きりぎりす」が季語で、江戸時代はコオロギのことが多い。草むらなどに住み、オスは秋の夜美しい声で鳴く。「みだ（弥陀）堂」は阿弥陀仏をまつるお堂。コオロギは好んで暗い所に住む習性があるが、ここでは阿弥陀堂の縁の下で鳴いている。そこで死んでその土になる気かと呼びかける。一茶は阿弥陀仏を本尊とする浄土真宗の熱心な信者だった。

蕣《あさがお》やたぢろぎもせず刀禰《とね》の水《みず》

季語は「蕣」。ヒルガオ科の一年草、夏から秋に朝、ロート状の花が咲く。「刀禰」は利根川。関東平野を貫き、千葉県銚子市で太平洋に注ぐ。「たぢろ（ぐ）」は気おくれすること。朝顔は古来はかない花、無常な花といわれる。利根川は昔から変わらぬ大河。利根川の河岸に咲く朝顔は、悠久の利根川にも気おくれせず堂々と咲いている、という句。

此《この》おくは魔所《ましょ》とや立《たて》る天狗茸《てんぐたけ》

「天狗茸」が季語。正しくは紅天狗茸。担子菌類テングタケ科の毒きのこ。秋、各地の山林内に生え、傘の直径10～20センチ。表面は真紅で多数の白いいぼ状のものが付いている。「魔所」は悪魔や妖怪が住んでいると考えられる場所。京都鞍馬の僧正谷などが知られる。この奥は悪魔の住んでいる所だといって紅天狗茸が立っている、の意。

負角力《まけずもう》むりにげた〱《げた》笑《わらい》けり

この句は大相撲か田舎の草相撲か、負けた力士がその悔しさをおし隠して無理に大笑いをしている。「げた〱」が表面をとりつくろうわざとらしさをよく表わしている。人の心理を皮肉に観察した作。季語は「角力（相撲）」。相撲は現在年6場所で季節感はないが、平安時代宮廷で行われた相撲節会は豊凶を占う神事として初秋に行われた。

秋《あき》の夜《よ》の袖《そで》に古《ふる》びし柱《はしら》哉《かな》

一茶は秋の夜、借家の古い柱をじっと見つめている。人の出入りによって袖ですれた柱、角がとれ、傷つき、手垢で汚れているが、なぜか自分の心を引きつける。そのしみじみとした思いが秋の夜にふさわしい。目立たないものに価値を見いだす心を「侘び」というが、これもその作品。季語は「秋の夜」。文化元（1804）年、江戸在住時代の作。

稲妻《いなづま》やうっかりひょんとした顔《かお》へ

「うっかりひょん」は気をとられてうっかりしているさま。気をとられて、うっかりしている顔に稲妻がピカッとひらめいて正気に返らせた、の意。稲妻ははかないものに例えられるが、この句も無自覚に生きている人間に稲妻が「この世ははかないよ」と警告を発したのであろう。怖い状況を一茶らしくユーモラスに詠んでいる。季語は「稲妻」。

蛼《こおろぎ》のなくやころ〳〵《ころ》若《わか》い同士《どし》

季語は「蛼」。コオロギ科の昆虫。草むらなど暗い所にすみ、体は濃い褐色である。頭部が大きく触角が長い。オスは秋の夜美しい声で鳴く。2匹のコオロギがころころと親しげに鳴いている。あの声は若い者同士が恋を語らっているようだ、の意。コオロギをあたかも青年のように描いている。「こおろぎ」「ころころ」と「こ」の音が続き調子がよい。

十月

二番寝《にばんね》や心《こころ》でおがむ小夜《さよ》ぎぬた

「小夜ぎぬた（砧）」が季語で、夜打つ砧。砧は布の艶を出したり柔らかくするために布を木槌で打つこと。「二番寝」は一度目を覚まして再び寝ること。「おがむ」は正しくは「をがむ」。自分は二度寝をしようとしているのに、まだ砧を打って働いている人がいる。ひそかに心でその人を拝み感謝した、の意。夜遅くまで働く人への感謝を詠む。

風形《かぜなり》に杖《つえ》を月夜《つきよ》のかゞ《が》し哉《かな》

季語は「かゞし」。現在はかかしという。かかしが風に吹かれた姿のまま杖をついて月夜に立っている、の意。「月」は「杖をつく」の意を掛ける。かかしの態度はすべて風任せである。一茶には「ともかくもあなた（阿弥陀仏）任せのとしの暮」という作品があり、このかかしにとって風は阿弥陀仏ということになる。一茶の信仰する他力の作品。

さぼてんにどうだと下《さが》る糸瓜《へちま》哉《かな》

「さぼてん」はサボテン科の常緑多年草。表面にあるとげは葉の変化したもの。季語の「糸瓜」はウリ科の一年生つる植物。果実は円柱状で繊維はたわしなどになる。ヘチマがヘチマ棚の下のサボテンに向かって「どうだ高いだろう」といばっている、の意。ただこれだけの意味だが、童話に似た趣きがあり巧まないユーモアもある。ナンセンス俳句。

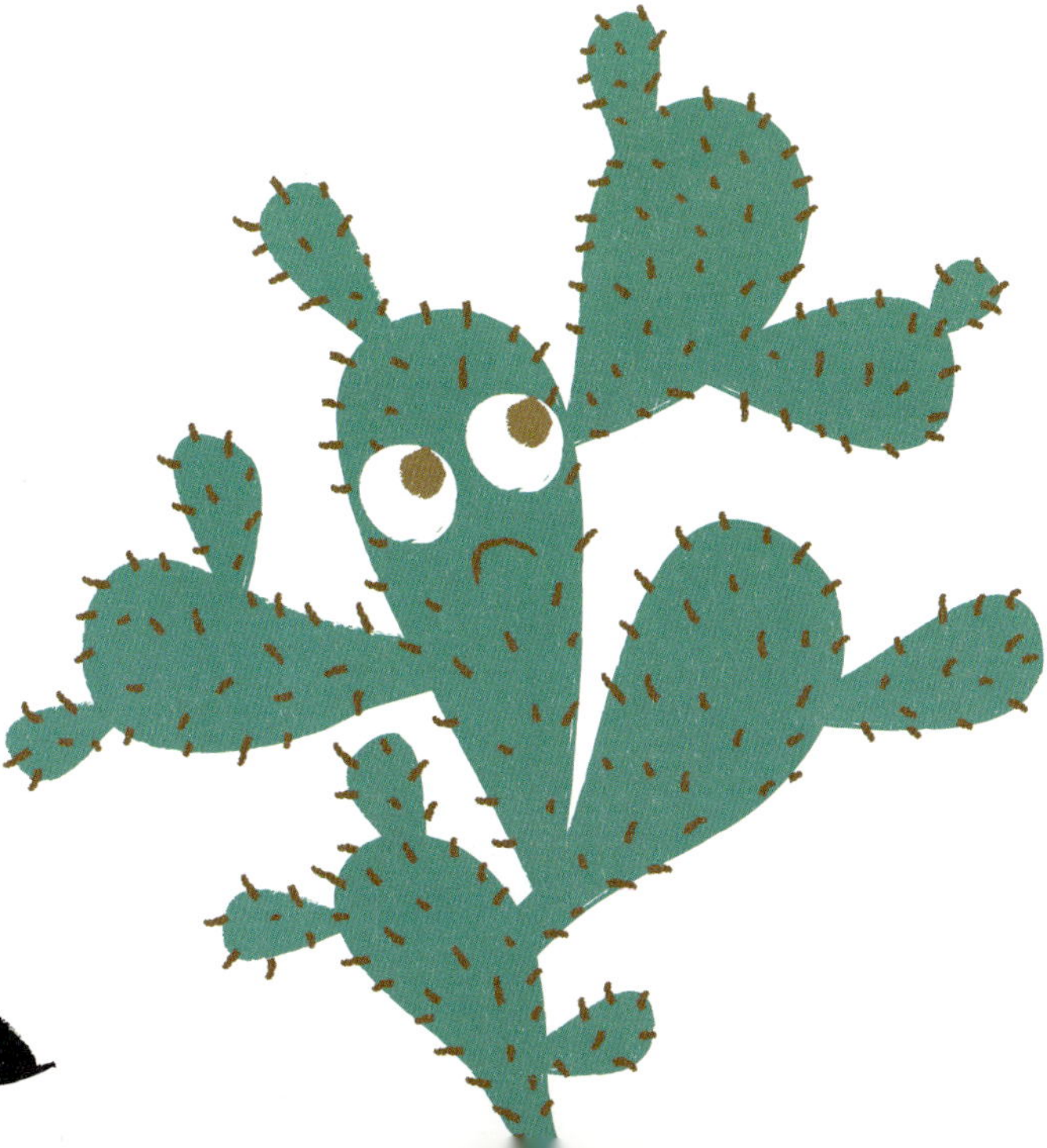

秋蝉《あきぜみ》の終《つい》の敷寝《しきね》の一葉《ひとは》哉《かな》

季語は「秋蝉」と「一葉」。秋蝉は秋になって鳴く蝉。一葉とは「桐一葉」。秋の初め、風も吹かないのに大きな桐の葉が散る。その姿を見て、秋の訪れを感じる。いままで頑張って鳴いていた秋蝉がついに力尽きて地に落ちて死んだ。布団の代わりに桐の葉を下に敷いて、の意。桐の葉は偶然そこにあったものだが、どこかほほえましい情景である。

のゝ《の》さまと指《ゆびさし》た月《つき》出《で》たりけり

「のゝさま」は幼児語で神仏や太陽、月を指す。ここでは神仏の意か。まだ幼い子が、月（満月であろう）を指さして「ののさま（神仏）が出た」と言う。その月があかあかと出た、の意。偉大な存在を感覚的に「ののさま」という子ども。それをいかにも、と認めている一茶。一茶のアニミズム（万物に霊魂があるという思想）俳句。季語は「月」。

あながち(に)たてをもつかぬ岡穂《おかぼ》哉《かな》

「あながち」は無理に。「たてをつ（く）」は歯向かうこと。季語の「岡穂（陸稲）」は、田に植える水稲に対し畑に栽培する稲。水稲より品質が落ちる。畑で育つ陸稲は水稲に無理やり歯向かうようなこともしない、の意。一茶の人生観のようなものがうかがわれる句で、下位に甘んじて生きることをよしとしている。その方が生きやすいのであろう。

猫又《ねこまた》の頭《あたま》こつきり木《こ》の実《み》哉《かな》

季語は「木の実」。樹木の果実。多くは小形で熟するとパラパラと音を立てて地面に落ちる。「猫又」は年を経た猫で尾が二つに分かれ、化けて災いを起こすという想像上の化け物。「徒然草」には山奥に住むとある。木の実が猫又をこらしめるかのように頭にコキンと落ちた、の意。もとより空想の作品だが、巧まないユーモアがある。

蘭《らん》のかや異国《いこく》のやうに三ヶ《みか》の月《つき》

「蘭」と「三ヶの月」が季語。蘭には日本野生のものを含めた東洋蘭、園芸品種として発達した洋蘭などがある。ここでは東洋蘭であろう。「三ヶの月」（三日月）は陰暦８月３日の月。蘭の花がふくいくと香っている。折から空には三日月が細い光を放ち、まるで外国（中国）にいるようだ、の意。蘭と三日月の取り合わせが中国風の絵を想像させる。

藪原《やぶはら》やでく〱《でく》とした稲一穂《いねひとほ》

「藪原」は雑草が手入れもされずに密生した原っぱ。「でく〲」は太っている様子を表す。藪原にどうして生えたのか、1本の稲がたくさんの実をつけて堂々と立っている、の意。この稲は他の雑草に交わらず、充実して生きている。その姿に一茶は感嘆している。この稲の〝孤高〟の姿こそ一茶の目指した世界ではなかろうか。季語は「稲」。

片耳《かたみみ》は尾上《おがみ》の鐘《かね》や小夜砧《さよぎぬた》

「小夜砧」は夜、打つ砧で、砧は木槌で布を打って艶を出したり柔らかくしたりすること。「尾上の鐘」は兵庫県加古川市にある尾上神社の社宝。朝鮮の新羅朝時代に造られた鐘。夜、片方の耳で淋しい砧の音を聞いた。尾上の鐘も響き、もう一方の耳で荘厳な音を聞いた、の意。名鐘の音と哀愁を帯びた砧の音を同時に聞くことのぜいたくさ。季語は「小夜砧」。

茹栗《ゆでぐり》や胡坐《あぐら》巧者《こうしゃ》なちいさい子《こ》

季語は「茹栗」。栗をゆでたもの。「巧者」はたくみなこと。「ちいさい」は正しくは「ちひさい」と書く。ゆでた栗をザルなどに入れ皆で囲んで食べた。まだ2、3歳の子どもも大人と同じようにあぐらをかいてザルを囲んでいる。子どもながらそのあぐらはたくみだ、の意。この子は大人のまねをしているわけで、その姿はあどけなく、かわいらしい。

へちまづる切《きっ》て支舞《しまえ》ば他人哉《たにんかな》

この句には「離別」の前書きがある。文政7（1824）年8月、2番目の妻雪を離縁した折の作品。へちまのつるを切るように離婚をしてしまえば、あとはもう他人である、の意。雪は飯山藩士田中家の出身。最初の妻菊の没後同年5月に嫁したが、わずか3カ月しか結婚は続かなかった。季語は「へちま」。ウリ科の一年生つる植物。インド原産。

畠《はたけ》持《も》たばよ所《よ》(に)はやらじ雁鴎《かりかもめ》

「雁」はカモ科の水鳥で、秋北方からやって来て、春帰る渡り鳥。「鴎」はカモメ科の海鳥。おもに海辺に群がってすむ。自分がもし畑を持っていたら、雁や鴎をよそにはやらず、自分の畑で自由に遊ばせてやる、の意。文化元（1804）年の作で、当時一茶は江戸で貧窮な生活を送っていた。一茶の動物愛が表れた作品。季語は「雁」。

婆《ば》ゝ《ば》どのが酒呑《さけのみ》に行《い》く月《つき》よ哉《かな》

季語は「月よ」。「婆ゝ」は「婆」が正しい。月夜の晩、婆様が酒を飲みに居酒屋へ行く、の意。現代では珍しくもない情景だが、当時は俳句の素材にされた。この老婆は家族もいない一人者であろう。気楽な生活を続けている。爺さんならば当たり前の情景だが、酒飲みの老婆は珍しかったのだろう。かえって、噂などに動じないしたたかさも感じられる。

鳴虫《なくむし》の小《ちい》さくしたる社《やしろ》哉《かな》

神社の境内で多くの虫たちが群れるように鳴いている。その声はすさまじいばかりで、ふと見直すと社殿がこころもち小さくなったように感じる、の意。「小さくしたる」はむろん感覚的な表現で周囲の虫の声の大きさを誇張したもの。この句の優れたところはここにあり、鋭い表現といえよう。季語は「虫」。秋に草むらなどで鳴く虫の総称。

待《まち》もせぬ烏《からす》がおりしかたゞ《だ》哉《かな》

この句に季語はない。ただし言外に「雁」を含んでいる。「かたゞ（堅田）」は滋賀県大津市北部の旧町名。琵琶湖の西南部に位置し浮御堂、落雁（夕方雁の群れが岸辺の芦に舞い降りる景）で知られる。「堅田の落雁」として近江八景に数えられている。堅田で雁の下りるのを待っていたが雁ならぬ烏が下りてがっかりした、の意。ユーモアの作。

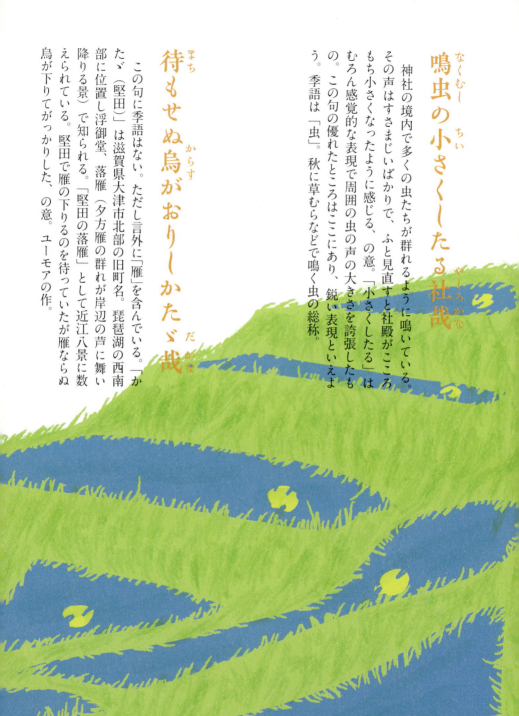

さらしなや姨《おば》の打《うち》たる小田《おだ》の月《つき》

「さらしな」は千曲市内の旧更級郡の辺りをいうが、ここではその中の姨捨周辺。小さな田が重なる棚田で知られる。「姨」は母の姉妹。更科は姨を捨てた地として知られているが、いま月を映している棚田は、かつて姨が苦労して耕した土地である、の意。名所のかげに隠された老人の労苦を詠んだ句。文政元（１８１８）年の作。季語は「月」。

きさかたや浪《なみ》の上《うえ》ゆく虫《むし》の声《こえ》

「きさかた（象潟）」は秋田県にかほ市にかつてあった潟湖。風光明媚な所として知られた。象潟では、虫の鳴く声が静かな波の上を転げるように流れてゆく、の意。一茶は寛政元（１７８９）年8月象潟に行っている。一茶の象潟の句には空想の作が多いが、これは体験した情景で実感がこもっている。寛政４年の作。季語は「虫の声」。

雁鴨《かりかも》や御用《ごよう》を笠《かさ》にきてさわぐ

「雁」「鴨」が季語。ともにカモ科の水鳥で渡り鳥。「御成場」の前書きがある。貴人や将軍などがお出かけになる場所。この句の場合狩猟場をさし一般人の立入りを禁止していた。「笠にき（る）」は権力のある者を頼みとしていばること。御成場の雁や鴨は将軍の御用を頼みとして騒いでいる、の意。権力に関わる者を嫌った一茶らしい作品。

父母《ふぼ》師《し》（匠《しょう》）そら定《さだめ》なら虫《むし》の君《きみ》

季語を拾うなら「虫」だが、ここでは腹の虫、自分の心中を指す。「そら定」は実体のない虚の規則。父母や師弟との関係が虚のきまりというなら自分は己の腹の虫をこそ信じたい、の意。一茶は継母にうとまれ俳句の葛飾派とも縁が薄かった。次男石太郎を失った時の作品で一匹狼にならざるをえなかった一茶の悲運な立場を詠んだ。晩年の作品。

白川《しらかわ》や曲直《まがりなお》して天《あま》つ雁《かり》

季語は「雁」で北方からの渡り鳥。「天つ雁」は空を飛翔中の雁。「白川」は京都市左京区にある地名。鴨川支流の白川の流域。空を飛んでいる雁の群れが（おそらく白川沿いに飛んで来たものだろう）京都の白川の辺りで曲がり直し、いずこかへ去って行く、の意。地上の雁ではなく、編隊を組んで空中を飛ぶ雁を詠んでいるのが異色。

蛤《はまぐり》に成《なっ》(て)もまけな江戸《えど》すゞ《ず》め

「雀海中に入って蛤と成る」が季語。中国の俗信で、秋の終わりごろ雀が海浜に群れて騒ぎ、蛤になるといわれた。「江戸すゞめ」は江戸の情報通で、耳にしたことを話し歩く人。江戸の情報通よ、たとえ蛤になったとしてもお上の警告に負けずに多くの情報を知らせてほしい、の意。一茶も江戸近郊を歩き情報を俳人仲間にもたらしていたといわれる。

鍬《くわ》の罰《ばつ》思《おも》ひつく夜《よ》や雁《かり》の鳴《なく》

「作らずして喰ひ、織らずして着る身（の）程の行先おそろしく」という前書きがある。農民の出身でありながら鍬を取って耕作しない自分の身のほど、来世に行った時どんな罰を与えられるか恐ろしいことだ。そんなことに気付いた夜、外では雁が鳴いた、という句。不本意に生きている自分を雁が責めているように聞こえたのだろう。季語は「雁」。

深川《ふかがわ》の蛎《かき》がら山《やま》の秋《あき》の月《つき》

「深川」は東京都江東区西部でかつては深川区。東京湾に近くゼロメートル地域の一部。「蛎」はボタガキ科の二枚貝で海中の岩についている。「蛎がら」は食べられた後の貝殻。深川の蛎がらの山から秋の月が上がった、の意。姨捨山などの雄大な景色ではなく、蛎がらを捨てたゴミの山から上がる月の景色。いかにも江戸らしい。季語は「秋の月」。

一《ひと》ツ雁《かり》夜《よる》〳〵《よる》ばかり渡《わた》りけり

「雁」は秋北方から日本に飛来、春再び北方へ帰る渡り鳥。渡り鳥はそのほとんどが集団で行動する。この句の一ツ雁は病気のためか、群れから離れて一羽だけで行動している。一羽だと危険なことに遭う率も高い。人目につかない夜ばかりを選んで行動するという。一ツ雁の孤独で厳しい姿を哀れみをもって詠んだ作品。

下《へ》手《た》笛《ぶえ》によつくきけとやしかの声《こえ》

笛は鹿笛。牝鹿の鳴く声にまねた音色の笛。猟師が鹿狩りの折に鹿を呼び寄せるのに用いた。猟師が鹿笛を吹くが、いっこうに鹿が集まらず、とんでもない所で鹿が鳴いている。その声を聞くと「そんな下手笛には騙されないよ、本当の鹿の声とはこういうものだ。よく聞け」と言っているかのようである、の意。皮肉とユーモアの作。季語は「しか」。

けふからは日本《にほん》の雁《かり》ぞ楽《らく》に寝《ね》よ

「外ケ《そとが》浜」の前書きがある。津軽半島東岸の北浜。つまり当時日本の最北端と見なされた地。今日からは平和な日本の雁だ。楽に寝なさい、の意。「日本の外ケ浜迄おち穂哉」など一茶には日本を詠んだ作品が多い。素朴な愛国心からも来ているが、当時ロシアなどの外圧が重なり自国意識が芽生えた結果でもあった。季語は「雁」。

なぐさみに蝗《いなご》のおよぐ湖水《こすい》哉《かな》

季語は「蝗」。バッタ科の昆虫。体長約3センチで黄緑色または茶色。「なぐさみ」は心を楽しませること。いなごが湖水を泳いでいる。あれは自分の心を楽しませるために泳いでいるのだ、の意。広大な湖水に小さないなごが泳ぐ姿は爽快であるが、はたして心を楽しませるために泳いでいるものかどうか。いなごの行為を人間に引きつけて詠んだ作品。

御仏《みほとけ》の河中島《かわなかじま》ぞおりよ雁《かり》

「御仏」はこの場合長野市の善光寺をさす。「河中島」は川中島、古戦場として知られる長野市の地名。善光寺は川中島にはないが、善光寺も川中島も全国に知られた長野の名所であることから出したのであろう。空行く雁の群れよ、ここは御仏で知られる川中島だ、下りて拝んで行きなさい、の意。季語は「雁」。

新米《しんまい》やこびれにぬかる御蔵前《おくらまえ》

季語は「新米」。新しく収穫された米。「こびれ」は小昼飯。昼飯と夕飯との間にとる食事。「御蔵前」は江戸時代、幕府や諸大名が年貢として納められた米を蓄えておいたもので、家臣に与えた。御蔵前を管理する役人が自分のこびれのために勝手に新しい米を抜いて使っている、の意。公職者の不正を告発した俳句で、権力を嫌った一茶らしい作品。

十一月

鶏頭《けいとう》に卅棒《さんじゅうぼう》のあられ哉《かな》

「鶏頭」は秋の季語でヒユ科の一年草。鶏のとさかのような赤、黄色の花が咲く。「卅（三十）棒」は禅宗で修行者の迷いを悟らせるために長く平たい棒で激しく打つこと。鶏頭に霰が激しく降りかかり、あたかも三十棒を与えているかのようだ、の意。たとえが奇抜で霰の激しさがよく表現されている。季語は「あられ（霰）」で冬。

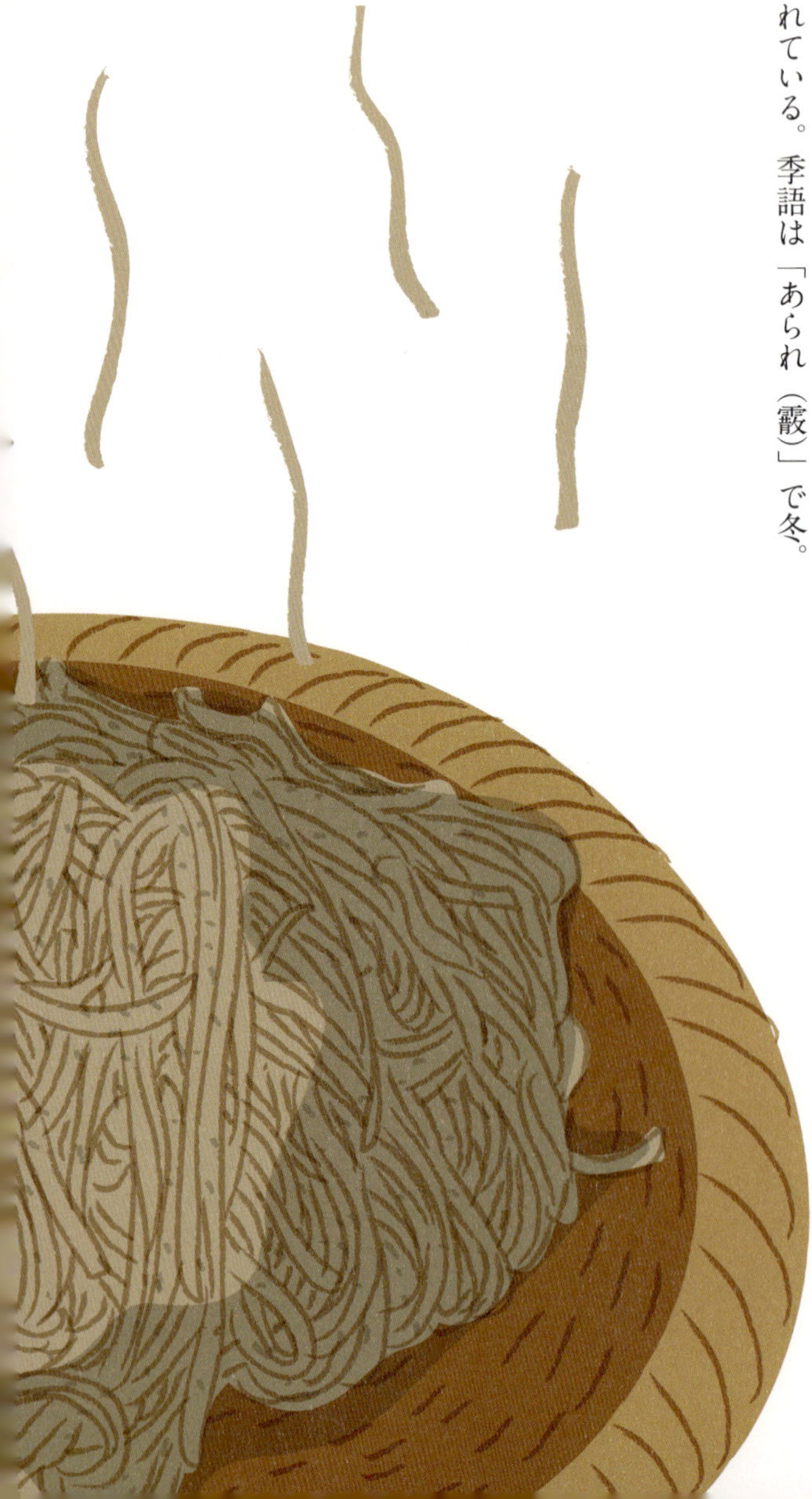

国《くに》がらやそば切色《きりいろ》のはつ時雨《しぐれ》

季語は「はつ時雨」。その年初めて降る時雨。時雨は秋の末から冬にかけて降る。「国がら」は諸国、諸地方の特徴。「そば切」はそば粉に小麦粉などを混ぜて打ち伸ばし、糸状に切った今のそばの形で、江戸時代に広がったとされる。句は、信濃の国がらであろう、初時雨がまるでそば切りと同じ色をしている、の意。そば切りは今も昔も信濃の名物。

菊《きく》かつぐうしろ見《み》よとの紙衣《かみこ》哉《かな》

「紙衣」は厚紙に柿渋を数回塗り、乾燥して一夜夜露にさらした後、もみやわらげて衣服に仕立てたもので、これが季語。古くは僧が用いたが後には主に老人が着た。紙衣姿のご隠居が丹精し大切にしている菊の鉢をかつぎながら、風流な後ろ姿を見よと気張っているという句。一茶はこうした決まり切った風流事が嫌いで紙衣に対する批判めいた句も作っている。

大日枝《おおひえ》に牛《うし》つなぎけり大根引《だいこひき》

大根を抜いて収穫する「大根引」が季語。「大日枝」は正しくは「大比叡」。京都の北東、滋賀県との境にある比叡山を敬った表現。山中には天台宗の総本山延暦寺がある。古くから王城（京都）鎮護の霊山とされた。偉大な比叡山の麓に牛をつないで自分は大根を引く、の意。牛を直接比叡山につないだように表現していておもしろい。

しぐるゝ《る》や軒《のき》にはぜたる梅《うめ》もどき

季語は「しぐれ」（冬）と「梅もどき」（秋）。時雨は秋の末から冬にかけて時々降る小雨。梅もどきはモチノキ科の落葉低木。果実は球形で晩秋に赤く熟し葉が落ちても長く残る。「はぜる」ははじける。ここではじけるように実が真っ赤に熟すこと。時雨の降る中、軒先で梅もどきの実が真っ赤に熟している、の意。赤い梅もどきが時雨に映えて美しい。

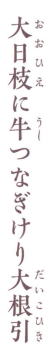

吉原《よしわら》のうしろ見《み》よとやちる木《こ》（の）葉《は》

「吉原」は東京都台東区千束にあった遊郭。明暦3（1657）年にその地に移動したので新吉原ともいう。表向きは華やかに見える吉原も裏にまわれば寂しい景色だ。そのうしろをしっかり見よと、木の葉が散っている、の意。一茶はよく「うしろ」を詠んだが、ものの本質は表より裏にあることを知っていたのであろう。季語は「木の葉ちる」。

蛬《きりぎりす》其《その》大根《だいこん》も今《いま》引《ひ》くぞ

季語は「蛬」（秋）と「大根引く」（冬）。この場合は冬の句。蛬はコオロギのこと。コオロギ科の昆虫で草むらなど暗い所に住み、雄は秋の夜美しい声で鳴く。冬まで生き永らえたコオロギが畑の大根を食べていた。さあその大根もいま引き抜くぞ、コオロギよ脇に寄れ、の意。小さな虫に呼びかけた句で、いささかの愛情がうかがわれる。

十夜《じゅうや》から直《すぐ》(に)吉原参《よしわらまい》り哉《かな》

「十夜」は浄土宗の寺で行われた、陰暦10月6日から15日まで10昼夜の間念仏をとなえる法要。「吉原」は東京都・浅草の北にあった江戸最大の遊郭。10日間の十夜の法要が終わるやいなや、すぐに遊郭吉原へとくり出す人がいる、の意。うわべだけの信仰心を皮肉った作品で、晩年の文政7（1824）年の作。季語は「十夜」。

木《こ》がらしや夫婦六部《ふうふろくぶ》が捨念仏《すてねぶつ》

「木がらし」は晩秋から初冬にかけて吹く強い風で、季語。「六部」は法華経を唱えて諸国の寺社を巡る僧。江戸時代は一般人も行った。「捨念仏」は特に願いをこめるでもなく、立ち去る時に言い捨てるようにちょっと唱える念仏。木がらしの吹く中、夫婦の六部が捨念仏を唱えて立ち去った、の意。うらぶれた初冬の寒々とした情景を詠む。

花嫁《はなよめ》が青涕《あおばな》をかむ木《こ》の葉《は》哉《かな》

季語は「木の葉」。樹上に残っている葉、散った葉、地上に落ちた葉、すべての木の葉をいう。この句は樹上のものだろう。「青涕」は正しくは「青洟」と書く。子供などが垂らしている青っぽい鼻汁。この花嫁はまだ10代の若さかもしれない。木の葉をちぎって、それを紙がわりにして青洟をかんでいる。まだ幼いところのあるやや粗野な女性のようだ。

割鍋《われなべ》にとぢぶたも神《かみ》の御《お》せわ哉《かな》

陰暦10月は日本中の神々が島根県の出雲大社に集まり縁結びについて相談するといわれる。「割鍋にとぢぶた」は割れた鍋にもふさわしいとじ蓋があるように、どんな人にもふさわしい配偶者があるということ。「割鍋にとじ蓋」の不完全な夫婦だが、これも神様が出雲に集まって相談してくださったたまものである、の意。季語は「神の旅」。

義仲寺《ぎちゅうじ》へいそぎ候《そうろう》はつしぐれ

「義仲寺」は滋賀県大津市にある寺で木曽義仲や芭蕉の墓がある。毎年陰暦10月12日に芭蕉忌（しぐれ忌ともいう）が行われる。季語は「はつしぐれ」で、その年初めて降るしぐれ。しぐれは秋の末から冬にかけて降る小雨。初しぐれの降る中、自分は義仲寺の芭蕉忌をめざして急いでいる、の意。謡曲調の句で寛政7（1795）年の作。

ばせを忌《き》や十人《じゅうにん》寄《よ》れば十ケ国《じゅっかこく》

季語は「ばせを（芭蕉）忌」。俳人芭蕉の命日。陰暦10月12日各地で行事が行われた。一茶の時代は芭蕉風の俳諧が定着し、俳諧をたしなむ人はほとんど芭蕉を学んだ。したがって芭蕉忌に集まる俳人が10人いたらそれぞれ出身地が異なるというのだ。「石に刻まれた芭蕉」という本によれば芭蕉句碑は芭蕉の行かなかった沖縄や北海道にもあるという。

草《くさ》の戸《と》も子《こ》を持《もっ》て聞《きく》夜《よる》の鶴《つる》

この句は無季、または「霜」と考えられる。「焼野の雉、夜の鶴」という諺があるが巣ごもる鶴は霜の降る寒い夜、自分の翼で子を覆い、保護するといわれる。「草の戸」はそまつな家。そまつな家の住人も自分の子供を持って、初めて夜の鶴の声をしみじみと納得して聞いている、の意。子を思う親の情は、動物も人間もかわりがないという作品。

娵入《よめいり》の謡盛《うたいざか》りや小夜時雨《さよしぐれ》

季語は「小夜時雨」。「小夜」は夜で、夜降る時雨。時雨は秋の末から冬にかけて降る小雨。かつて娵入（結婚式）は夜行った。その折、めでたい謡などをうたう。今は結婚式の最中で謡が行われている。外ではしんみりと夜の時雨が降っている、の意。華やかな結婚式と小夜時雨を対比させ、初冬の結婚式の姿を情緒豊かに描いている。

木《こ》がらしや行抜路次《ゆきぬけろじ》の上総山《かずさやま》

「芝浦」の前書きがある。東京都港区東部の港湾地区であるがかつては漁村だった。「行抜路次」は行抜路地と書き、通り抜けて先へ出られる狭い通路。「上総」は現在の千葉県中部。木がらしが芝浦の行抜路地を吹き抜けて行く。その先、東京湾の彼方に遠く上総の山が望まれる、の意。遠近法で詠んだ寒々とした東京湾の風景。季語は「木がらし」。

ふる雨《あめ》も小春《こはる》也《なり》けり智恩院《ちおんいん》

季語は「小春」。気候が温暖で春に似ているところから陰暦の10月のことをいう。「智（知）恩院」は京都市東山区にある浄土宗の総本山。法然が比叡山を退いて庵を結んだ地だった。陰暦10月知恩院に詣でると冬の雨が降ってきた。小春のこととて雨も冷たく感じられない、の意。文化元（1804）年西国遊歴時代を回想した作品。大寺の小春の姿を詠む。

身《み》一《ひと》ッに嵐《あらし》こがらし辷《すべ》り道《みち》

「こがらし」が季語で、晩秋から初冬に吹く強い風。この身一つに嵐が、木枯らしが、そして雪のすべり道が襲いかかる、の意。文政4（1821）年の作品で、前年の10月に長野市浅野の雪道で転んだため、中風（脳出血による運動神経のまひ）になり半身不随、口も曲がってしまった。中風は治ったが一茶にとってすべり道は恐ろしいものだった。

楢《なら》(の)葉《は》の朝《あさ》からちるやとうふ゛《ぶ》ね

「楢」は山野に自生するブナ科の落葉高木。実はドングリ。「とうふ゛ね」は豆腐屋が豆腐を入れるために設けた四角な大きな桶で、水を張って使う。朝から激しい風が吹いて紅葉した細長い楢の葉が豆腐桶に散り込む、の意。白い豆腐と茶色の楢の葉が対比された客観写生の作品。文化元（1804）年、江戸での作。季語は「木の葉ちる」。

なら山《やま》の神《かみ》の御《お》留《る》主《す》に鹿《しか》の恋《こい》

季語は「神の留守」。陰暦10月は全国の神が島根県の出雲大社に集まり縁結びについて相談するといわれる。その神の不在の状況を「神の留守」という。「なら（平城）山」は奈良の都（平城京）の北方にある丘陵。神が出雲に出かけた留守の間に平城山の鹿は勝手に（神々の相談を無視して）恋をしている、の意。ユーモアあふれる作。

木《こ》がらしや桟《かけはし》を這《は》ふ琵琶法師《びわほうし》

「桟」は崖に材木等を渡した仮ごしらえの橋。「琵琶法師」は琵琶を弾き平曲（「平家物語」を琵琶に合わせて語る音曲）を語った盲目の法師。季語は「木がらし」で、晩秋から初冬にかけて吹く強い風。木枯らしの中、琵琶法師が桟を渡ろうとして手さぐりで這っている、の意。厳しい現実に生きる弱者への思いを詠んだ。文政4（1821）年の作。

むくどりの仲間《なかま》に入《いる》や夕時雨《ゆうしぐれ》

時雨は秋の末から冬にかけて降る小雨。季語は「夕時雨」。夕方降る時雨。「むくどり」は冬期間のみ信州から江戸に出稼ぎに行く人をばかにして呼んだ言葉。この句の場合集団で江戸を目指している。むくどりの仲間に入って自分も江戸へと向かう。折から夕時雨が降りかかる、の意。一茶も江戸で働いた経験はあるが、出稼ぎの「むくどり」ではなかった。

霜《しも》がれ（や）胡粉《ごふん》の兀《はげ》し土団子《つちだんご》

季語は「霜がれ」。霜に当たって草木が枯れること。「胡粉」は貝殻を焼いて作った白い粉。絵の具に用いる。「兀」は正しくは「剝」。「瘡守（笠森）稲荷」の前書きがある。東京都台東区にある稲荷神社で祈願する者は土の団子を供え、病気が治れば米の団子を奉納した。霜枯れの笠森稲荷、土団子の胡粉がはげていかにも寒々しく見える、の意。

こがらしやしのぎをけずる夜《よる》の声《こえ》

「こがらし」は晩秋から初冬にかけて吹く強い風。「しのぎをけずる」は、互いの刀のしのぎ（刀剣の刃と背との境にある高くなった所）を削り合うような斬り合いをすること。夜、木枯らしが吹いている。その音を聞いていると、まるでしのぎを削り戦っているような音だ、の意。季語は「こがらし」。木枯らしの激しさを巧みな比喩で表現した作品。

夕《ゆう》やけや唐紅《からくれない》の初氷《はつごおり》

「唐紅」は、カラ（中国、朝鮮の古称）から渡来した紅の意で、鮮やかな紅色をたたえる言葉。季語は「初氷」。その年初めて張った氷。池などに今年初めて氷が張った。折から夕焼けが氷の上を照らしていて、氷が真っ赤に染まり、まことに鮮やかだ、の意。初氷が紅色に染まったことの珍しさ、美しさを詠んだ作品。晩年の作。

膝《ひざ》ぶしは小春《こはる》後《うしろ》はあらし山《やま》

季語は「小春」。陰暦10月ごろの春のように穏やかで暖かな天気をいう。「膝ぶし」は膝の関節、膝がしらのこと。「あらし山」は山に嵐が吹いている意味に、京都にある嵐山を掛けている。膝がしらは小春日和らしく陽が当たって暖かいが、後ろの山は嵐山の名のとおり、嵐が吹きすさんでいる、の意。複雑な冬の天候を詠んだ作品。

大根《だいこん》武者《むしゃ》縁《えん》の下《した》から出《で》たりけり

一茶に「大根で叩きあふたる子ども哉」という作品があるからこの「大根武者」は大根でチャンバラごっこに興じている子どもたちだろう。その大根武者が隠れていた縁の下から飛び出した、という作品。一茶に多い子ども俳句で、「縁の下から出たりけり」に遊びに興ずる子の姿、臨場感がいきいきと表現されている。季語は「大根」。

はつ雪《ゆき》や何《なん》(の)因果《いんが》に樽《たる》ひろひ

「因果」は不幸せ。「樽ひろひ」は酒屋の小僧が得意先の空き樽を集めて歩くこと。初雪の降る寒い日、自分は何の不幸せで樽拾いなどしなければならないのだろう、の意。一茶は15歳で江戸に出ていろいろな奉公先を転々とした。酒屋などに奉公して、このようなことを体験したのかもしれない。晩年の作。季語は「はつ雪」。

いな声《こえ》を真《ま》ねる子《こ》どもや御取越《おとりこし》

季語は「御取越」。浄土真宗の信者が陰暦10月に各自の家や寺で、親鸞の命日（11月28日）を繰り上げて行う法事。「いな声」は変な声。法事の時にうたう和讃（日本語で仏の徳をたたえてうたう律文）が子どもには変な声に聞こえたのだろう。御取越で、子どもが和讃をまねておもしろがっている、の意。奇異なものにすぐに反応する子の姿を描いた。

十二月

ひつぢ田《だ》や青《あお》みにうつる薄氷《うすごおり》

「ひつぢ」は、稲を刈った株から再び青い芽が生えることをいい、一面に生えた田が「ひつぢ田」である。この句は晩秋から初冬にかけての情景で、ひつぢ田が青々と色づいているが、今朝張ったばかりの薄氷が照り映えている、の意。細かいところまで精細に描いた写生句で、九州地方を巡っていた頃の作。季語は秋の「ひつぢ田」と冬の「氷」。

松島《まつしま》や同《おな》じうき世《よ》を隅《すみ》の島《しま》

「松島」は宮城県松島湾一帯の呼び名。大小260余の浸食されてできた島が松の緑と映り合い美しい景色を作っている。「うき世」はこの世。松島の多数の島の中には人目につかない片隅の小島もあろう。同じ世にありながら哀れなことだ、の意。人にもてはやされない物に注目する一茶。それは不遇な少年期に由来しているようだ。この句は無季。

子《こ》ども達《たち》江戸《えど》の氷《こおり》は甘《あま》いげな

「げな」は推量の意味を表す言葉。〜のようだ、そう思われる、の意。江戸の子どもたちがおいしそうに氷をなめている。江戸の氷はきっと甘いようだ、と子どもたちに呼びかけた句。氷はどこでも氷、田舎も都会も変わりはないはずだが、田舎者の常として都会の氷には特別な味があるように思ってしまう。季語は「氷」。49歳、江戸在住中の作。

老木《ろうぼく》やのめる迄《まで》もとかへり花《はな》

季語は「かへり花」。小春日和の暖かさのために草木が時ならぬ花を咲かせること。桜・梅・梨などに多い。「のめる」は前へ倒れること。年老いた木が帰り花を咲かせた。まるで倒れるまで生きようとしているかのように、の意。老いながらもなお元気を振り絞って咲く老木をたたえる句。その姿は、特に年老いた人間に勇気を与える。

はつ雪《ゆき》や駕《かご》をかく人《ひと》駕《かご》の人《ひと》

「駕」は正しくは「駕籠」。人を乗せて前後からかついでいく乗り物。この句は「かごに乗る人かつぐ人そのまたわらじを作る人」（人間の運命や境遇、身分などがさまざまなこと）という諺が使われている。初雪の降る寒い日、駕籠をかつぐ人もいれば、駕籠に乗る人もいる。人の境遇は実にさまざまである、の意。晩年の作。季語は「はつ雪」。

せゝ《せ》なぎや氷《こおり》を走《はし》る炊《かし》ぎ水《みず》

「せゝなぎ」はどぶ、下水。「炊ぎ水」は米のとぎ汁。米をといだ白い水が氷の張ったどぶを勢いよく走り流れて行く、の意。都会の裏町辺りの情景であろう。庶民の生活の中の薄汚れた風景を写生的に描いている。一茶は美しいものばかりを詠むのではなく、この句のように生活に根ざした現実をありのままに描いた作品が多い。季語は「氷」。

雪《ゆき》行《ゆ》け〱《ゆけ》都《みやこ》のたはけ待《まち》おらん

「たはけ」は愚か者。雪よ都へ行け、都には愚か者がおまえを待っているぞ、の意。一茶は〝雪月花〟に代表される伝統的美意識や風流を否定した。特に雪国出身者ということもあって雪を嫌った。「花の月のとちんぷんかん（訳のわからない言葉）のうき世哉」とも詠む。一茶は自分の作風を普通の風流と一緒にされたくなかったのだ。季語は「雪」。

霜《しも》がれてせうじの蠅《はえ》のかはゆさよ

季語は「霜がれ」「冬の蠅」。霜がれは霜のために草木が枯れること。冬の蠅は冬見かける蠅で、暖かい日だまりでじっとしていることが多い。「せうじ」は正しくは「しやうじ」。霜枯れの日、日だまりの障子にじっと動かないでいる蠅がいる。暑いころは食物などにとまって憎まれた蠅だが、今は何ともかわいい、の意。弱者に対する愛情の句。

門口《かどぐち》へ来《き》て氷《こお》(る)也《なり》三井《みい》の鐘《かね》

「鐘氷る」は冬の寒い夜、鐘の音がさえざえと聞こえること。「鐘冴ゆ」ともいう。「三井の鐘」は滋賀県大津市にある三井寺の鐘。近江八景の一つに「三井の晩鐘」がある。弁慶ゆかりの鐘で、寺に不吉なことがあると汗を流すという。三井寺の鐘の音が、寒夜家の入り口に来てさえざえと聞こえる、の意。文化8（1811）年の作。季語は「鐘氷る」。

霜《しも》がれや歓化《かんげ》法度《はっと》の藪《やぶ》の宿《しゅく》

季語は「霜がれ」。霜で草木が枯れること。「歓化」は「勧化」と書く。僧侶等が信者に勧めて寄付を募ること。「法度」は禁止。霜枯れの藪中の宿場。この宿場は寄付を禁止している村だ、の意。よく諸国を巡った一茶は寄付を求めることはなかったが、それに近い寄食生活はした。村の中には一茶のような漂泊者を拒否する厳しい所もあった。

ほの〲《ぼの》と棚引《たなびく》すゝ《す》や寛永寺《かんえいじ》

新年の準備のために年末、家内を掃除する「煤払い」。江戸時代はふつう12月13日に行った。「寛永寺」は東京都台東区上野にある寺。延暦寺が京都鎮護を目的として建てられたのに習い、江戸鎮護のため寛永２（１６２５）年に建てられた幕府の菩提寺。宿坊等の多い寛永寺。煤払いの煤がほのぼのと上野の山に棚引いている、の意。季語は「煤払い」。

冬《ふゆ》がれて親孝行《おやこうこう》の烏哉《からすかな》

「冬がれ」が季語。冬になって草木の葉が枯れ落ちること。また冬に野菜などが少ないこと。烏の親孝行は「反哺《はんぽ》の孝」という。烏の子が成長してから親鳥に食物を与えて養育の恩に報いることをいう。冬枯れとなって、野菜なども少なくなった。そんな中、烏は親の恩に報いるために懸命に努めている、の意。親子関係に敏感だった一茶らしい作品。

煤取《すすとつ》て錠《じょう》をおろして旅《たび》かせぎ

季語は「煤掃き」。煤払いともいう。江戸時代は家中の大掃除を12月13日に行った。「錠」は戸締まりの金具。大掃除を済ませ、家の入り口の錠を下ろして旅稼ぎに出かける、の意。文政7（1824）年の作で一茶の私生活の様子がよく分かる作品。一人者の気楽さで俳人の家々を巡り、俳諧を教えて歩いた。それが大事な収入にもなった。

合点《がてん》して居《い》ても寒《さむ》いぞ貧《まず》しいぞ

「合点」は承知すること。それは十分承知していることだがやはり今日は寒いなあ、私の生活は貧しいなあ、の意。「寒い」は単なる気温の寒さではなく、心理的な寒さに比重が置かれている。文化8（1811）年の作品で父の遺産交渉が行き詰まり江戸の貧窮生活も極限に達していた。そして1年後ついに故郷に帰るのである。季語は「寒（さ）」。

鰒喰《ふぐくわ》ぬ顔《かお》で子《こ》どもの指南《しなん》哉《かな》

鰒はフグ科の魚の総称。肉は美味だが内臓や血液などに毒が含まれていて、現在、料理人は都道府県が定める資格が必要。「ふぐは食いたし命は惜しし」という諺もある。一茶の時代は下手物《げてもの》料理で、今のような高級感はなかった。寺子屋の師匠は下品な鰒汁など食べないような顔で教えている、の意。教育者の表と裏を皮肉った句。季語は「鰒汁」。

はんぱくが袂《たもと》より出《で》る氷柱《つらら》哉《かな》

「はんぱく」は「わんぱく」の誤り。子どもがわがままでいたずらなこと。「氷柱」は季語で、水滴が凍って棒のようにたれ下がったもの。わんぱく小僧の着物の袂から氷柱が出てきた、の意。子どもは美しい石、小貝などを宝物として大切にする。この少年もキラキラと輝く氷柱を宝石とみて大切にしている。わんぱくだが純真な子どもの心を詠んだ作品。

空色《そらいろ》の山《やま》は上総《かずさ》か霜日和《しもびより》

季語は「霜日和」。霜の降りたその日の天気のよいこと。霜晴れともいう。「上総」は千葉県の中部の古称。霜晴れの日、彼方に空色の山が見える。あれは上総の山であろうか、の意。山が空色に見えるのは冬の現象で特に晴れた日遠くから見ると薄青色に美しい。文政5（1822）年、信州で回想して作った句。それにしては写実的で印象が鮮明だ。

待《ま》つものはさらになけれどとしの暮《くれ》

「おくららは今や帰らん」の前書きがある。これは山上憶良「憶良らは今はまからむ（退出しよう）子泣くらむそを負ふ母も吾を待つらむそ」をふまえている。憶良と違って自分を待つ者は全くいないが、今年も暮れようとしている、の意。文政6（1823）年の作でこの年妻や三男を失い一茶は再び孤独の身になっている。季語は「としの暮」。

行《ゆ》くとしや空《そら》の青《あお》さに守谷《もりや》迄《まで》

「守谷」は茨城県守谷市。かつて平将門が館を構えた地だが、一茶の友人鶴老が住職を務める西林寺があり、一茶はたびたびこの寺に滞在している。この句も文化7（1810）年の作で、今は12月、年が行こうとしているが空の青さに引かれてつい守谷まで来てしまった、の意。師走の関東地方の晴天を印象深く描いた作。季語は「行とし（年）」。

貧楽《ひんらく》ぞ年《とし》（が）暮《くれ》よと暮《くれ》まいと

「貧楽」は貧乏でありながら人生を楽しむこと。また貧乏を楽しむこと。中国の古典「論語」をよりどころとする語。季語は「年暮れる」。自分の生活はもともと貧しいことを楽しんで今年も送ろう。年が暮れようと、暮れまいと自分とは関係のないことだ、の意。開き直った一茶の心境が察せられる。56歳の作品。

下戸《げこ》の立《たて》たる蔵《くら》もなし年《とし》の暮《くれ》

「下戸」は酒が飲めない人。「下戸の立（建て）たる蔵もなし」は、酒を飲まないからといって金を残し蔵を建てるとは限らない、適当に飲んで楽しむ方がよいという意味。下戸をからかった言葉。年の暮になったが、酒を飲まずに蔵を建てたという話も聞かない。人生は適当に楽しむべきだ、の意。一茶は柏原に帰住後酒を好んだ。季語は「年の暮」。

行《ゆく》としや身《み》はならはしの古草履《ふるぞうり》

季語は「行とし（年）」。「ならはし」は習慣。今年も過ぎ去ろうとしている。わが身を顧るに相変わらずちびた古草履をはいたままだ。これをはくことが自分の習慣となってしまった、の意。江戸在住中の作品で、生活が苦しく草履を買うこともできなかった。「貧乏」は誰もが知る一茶のキャラクターで、先輩成美は一茶を「貧乏人の友」といった。

脇寄《わきより》てせき候《ぞろ》さすや門《かど》の犬《いぬ》

季語は「せき（節季）候」。12月22日から27、28日ごろまで、しだの葉をさした編み笠をかぶり、赤い布で顔を隠し、割れ竹をたたいて「せきぞろ」と唱えながら銭を乞い歩いた者。2、3人で行った。節季候が大騒ぎをしてやって来た。家の入り口の犬はほえもせず、脇によけて節季候のなすに任せている、の意。犬にもあきれられる節季候の姿。

ばゝ《ば》どのに抱《だき》つかせけり雪《ゆき》の道《みち》

町中の広い道はともかく、人通りの少ない農道などは雪かきも大変で、道幅が狭いままになってしまう。そんな道を歩いていると向こうから老婆がやってきた。すれ違おうにも道が狭くて大変だ。そこで老婆を自分に抱きつかせて何とかお互いに通ることができた。相手が「ばゝどの」だからユーモアも出て俳句になった。季語は「雪の道」。

大《おお》まぐろ臼井《うすい》を越《こえ》て行《ゆく》としぞ

「まぐろ」はサバ科の魚で、体長3メートルにも達する。ここでは正月用のもの。江戸時代後期に広く食べられるようになった。「臼井」は正しくは「碓氷」。北佐久郡軽井沢町と群馬県安中市の間にある峠。「行」は前後の語にかかる掛詞。年の暮れに、大まぐろが馬などで碓氷峠を越える、の意。当時の年越し風俗がうかがわれる。季語は「行とし（年）」。

ひとつ雁《かり》居所《いどこ》ないやら年《とし》くるゝ《る》

「雁」はカモ科の水鳥。渡り鳥はすべて集団で行動する。この「ひとつ雁」は病気などで群れを離れて行動している。1羽だといろいろ危険がつきまとう。群れをはぐれた雁が安心できる場所のないまま年を越そうとしている、の意。一茶には同様の孤独な存在を詠んだ句が多いが、自身の体験からきたものだろう。季語は「年くるゝ」。

子仏《こぼとけ》や指《ゆび》(さ)して居《い》るせつき候《ぞろ》

「せつき（節季）候」はせき候ともいう。年の暮れに編み笠をかぶり赤い布で顔を隠し、割れ竹を叩き「せきぞろ」と唱えながら銭を乞い歩いた者。「子仏」は自然で純真な幼子を仏にたとえた言葉。大騒ぎをする節季候の姿に幼児が驚いて、「あれ」と指さしている、の意。無邪気な幼児も驚いている節季候の姿をユーモラスに描く。

君《きみ》が代《よ》や鳥《とり》も経《きょう》よむはちたゝ《た》き

季語は「はちたゝき」。空也上人が始めたという念仏で瓢や鉢を叩き、鉦《かね》をならし、念仏しながら踊った。陰暦11月13日から除夜まで行われた。「君が代」は天皇の治める平和な世。「鳥が経よむ」は「法法華経」と鳴く鶯のこと。天皇が治める平和な御世は、はちたたきに和して鶯も経を読む、の意。文化10（1813）年、信州で詠んだ作品。

蟀《こおろぎ》の霜夜《しもよ》の声《こえ》を自慢《じまん》哉《かな》

蟀は秋の季語だが、ここは冬まで生きている蟀。霜の降る夜、蟀が元気に鳴いている。その声を自慢しているかのように、の意。鎌倉前期の歌人藤原良経の「きりぎりす鳴くや霜夜の狭むしろに衣片敷き一人かも寝む」（蟀が鳴いているこの霜夜に、筵の上に自分の片袖を敷いて1人で寝るのだろうか）などが一茶の念頭にあったか。季語は「霜夜」。

月花《つきはな》や四十九年《しじゅうくねん》のむだ歩《ある》き

「月花」は、秋の月と春の花（桜）。また、月や花に代表される風流な物事をいう。月だ花だといって49年の間むだ歩きをしてしまった。本当の俳諧は別の所にあったのに、の意。一茶の俳諧は形式化した〝風流〟にはなく、ありのままの本音を詠むことにあった。そのためには表現は二の次で〝心の誠〟こそが大切であると述べている。無季の作品。

年《とし》の内《うち》に春《はる》は来《き》にけり猫《ねこ》の恋《こい》

「年内立春」は陰暦で師走のうちに立春が来ること。立春は正月に当たるが暦の関係からこのようなこともあった。「猫の恋」は春に雄が雌の猫を恋うこと。旧年のうちに春がやってきた。どうりで雄猫が狂ったように雌猫を慕って鳴く、の意。ユーモアの句で文化9（1812）年作。季語は冬の「年内立春」と春の「猫の恋」。ここでは冬季。

初句索引

◎ 著　者 ◎

矢羽勝幸［やば・かつゆき］

1945年長野県東御市西海野生まれ。国学院大学文学部卒。
二松学舎大学教授を経て現在同大客員教授。
編著書に『一茶大事典』（大修館書店）
『増補改訂加舎白雄全集』（国文社）
『四季と一茶』（信濃毎日新聞社）ほか。
現住所は長野県上田市大屋622

◎ 絵・ブックデザイン ◎

庄村友里（tremolo design）

◎ 編　集 ◎

山崎紀子（信濃毎日新聞社）

＊本書は信濃毎日新聞に2014年朝刊1面に連載した
「四季の一茶」を収録したものです。

続 四季の一茶

2015年3月29日　初版発行

著　者　矢羽勝幸

発　行　信濃毎日新聞社
〒380-8546　長野市南県町657
TEL 026-236-3377 FAX　026-236-3096
https://shop.shinmai.co.jp/books/

印刷所　大日本法令印刷株式会社

ISBN978-4-7840-7259-0　C0092

＊落丁・乱丁本はお取り替えいたします。
＊定価はカバーに表示してあります。

四季の一茶

矢羽勝幸・著
庄村友里・絵

逆境にありながらも
しぶとく生きるものを
賛美する

一茶研究の
第一人者が語る
一茶の世界

A5判／232ページ／オールカラー
定価:本体**1600**円+税

熱い要望に応えて
犬と一茶も登場！

猫と一茶
猫と一茶 ふたたび
犬と一茶

信濃の俳人小林一茶が詠んだ猫の俳句に
全国から応募された猫の写真を組み合わせた写真句集

A5判／各160・180・148ページ
定価:本体**1200**円+税

ちひろと一茶

A5判／144ページ
定価:本体**1600**円+税

いわさきちひろと
小林一茶がコラボレーション
信州に夢のハーモニーが響きます